笑看人生紛擾其實空

—言語的魔法—

STUDIO GHIBLI
鈴木敏夫

あらず
淀みに浮かぶ
うたかたは

ゆく河の流れは
絶えずして
しかももとの水に

人は言葉でモノを
考える。言葉で
考えを組み立てる。
声に出すと、考えが

さらに広がる　そして、
自分の作った言葉
に支配される。
言葉まずく
面白い。

世の中にある人と栖と
またかくのごとし

かつ消えかつ結びて
久しくとどまりたる
例えなし

不易流行

目錄

告訴我這句話的近藤道生先生，是《風之谷》的製作人之一，曾任博報堂的社長。「不易」和「流行」都是以前就有的言語，把這兩個言語連在一起的是松尾芭蕉。永不更易，流逝變遷。亦即，不變的事物與改變的事物。我覺得是很好的言語，也曾拿來當我自己的書的書名（《吉卜力的哲學：改變的事物與不變的事物》）。（譯註：「不易」是指千古不變，「流行」是指隨著時代求新求變。「不易流行」是蕉風俳諧的理念之一，意思是俳諧同時具有不斷求新求變的「流行」性，與千古不變的「不易」性。）

〔中譯〕前二跨頁：人是靠言語思考，靠言語組合思考，發聲說出來，思考就會延展開來。然後，人會被自己創造出來的言語控制。言語就是如此有趣。前四跨頁：逝川流水不絕，然非原水。浮於淤積處之水泡，此消彼起，未有久留之例。世上之人與棲身之所，亦復如是。

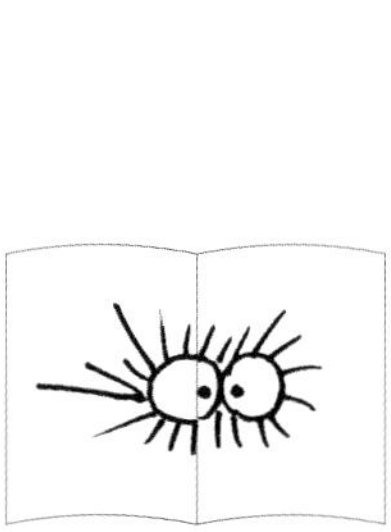

※本書可攤平閱讀

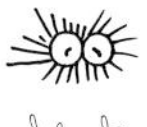

前言

起初只是信筆塗鴉

不知從何時開始，我與人交談時，會習慣性地信筆塗鴉。

不論開會時、閒聊時，我都會在眼前攤開一張紙，寫下很多東西。當然，會寫下企劃的摘要、想法，但因為從小就喜歡繪畫，所以也經常在上面畫畫。

然而，與宮崎駿這位先生相遇後，發生了令我困擾的事。

他有跟我一樣的怪癖。與人交談時，總是把紙和鉛筆擺在桌上，百無聊賴地畫著飛機或戰車。他是導演我是製作人，所以每天都要交談，兩人都是邊說話邊在紙上畫著不相關的東西，看在他人眼裡是很奇特的畫面。

跟他在一起工作沒多久後，我幡然察覺——今後不能再畫畫了。他是大師，所以即便是信筆塗鴉，也畫得非常好。我是業餘，豈敢在他面前班門弄斧。從此以後，我的信筆塗鴉偏向以寫字為主。

我原本是雜誌記者，所以，年輕時會把對方說的話一字不漏地記下來。要做到這樣，筆記用的文具當然非選擇鉛筆或原子筆不可。但是，到了某個時期，我開始思考不必全部寫下來，只要寫重點就行了。既然如此，就不一定要使用鉛筆或原子筆。「何不嘗試使用毛筆呢？」的想法，成為我開始寫書法的契機。

最初是從使用自來水毛筆寫筆記開始，寫著寫著，發生了不可思議的事。我彙整言語的方式，越來越簡單扼要。再加上覺得有趣，養成了與人說話時都用毛筆書寫文字的習慣。

製作電影，每天從早到晚都要跟很多人見面、討論事情。這期間，我不停地用毛筆書寫文字。回想起來，這二十多年來，我每天至少都有三、四個小時在揮舞毛筆。寫了這麼多，任誰都會有某種程度的進步。

不覺中，別說是電影主題，連展覽會的題字都自己來了。近來也越來越常接到各方邀約請我揮毫，最後還舉辦了個展。

與宮崎駿相遇，已將近四十年。他七十六歲，我六十九歲了。現在我們還是繼續拍電影，保有兩個人每週交談兩次的時間。一如往昔，桌上擺著紙張，宮崎駿畫圖，我寫字。

與他的邂逅，是原本喜歡畫畫的我，變成不會畫畫的起因。但是，因為這樣，我找到了書法與毛筆。就這方面來說，宮崎駿的存在對我的人生有極大的影響，我要鄭重向他表示敬意。

1、讀、說喜歡的言語

人生は学びの
空騒ぎ
意味など
何ひとつない

——莎士比亞如是說。笑看人生紛擾其實空，毫無意義啊。伍迪・艾倫的電影《命中註定，遇見愛》，就是以這樣的台詞當作開場白。這原本是戲劇《馬克白（Macbeth）》中的台詞，因為這部電影，這句話似乎又有了新的魅力。人生原本就沒有任何意義。既然如此，就賦予它意義。自己的人生可以自己決定。這算是某種存在主義吧？至今以來，我就是抱持著這樣的想法。

〔中譯〕笑看人生紛擾其實空，毫無意義啊。

這是橋口亮輔先生的電影《戀人們》裡的台詞。與橋口先生對談時，我說如果要宣傳，我會把這句話拿來當廣告文案，他聽完後的反應十分有趣。其實，他原本很猶豫要不要把這句話放進電影裡。因為電影主要是以畫面來呈現，他並不想倚賴說明式的台詞，我可以理解他身為導演的這種想法。然而，這是一句名言吧？我覺得放進去也很好啊。

〔中譯〕人世間有好的愚蠢、壞的愚蠢、以及惡質的愚蠢。

世の中には、
いい馬鹿と悪い馬鹿と
貭（タチ）の悪い馬鹿がいる

鈴木敏夫之印

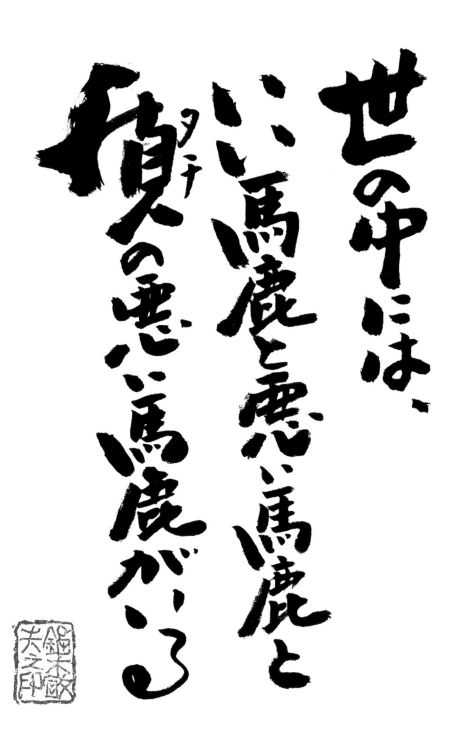

收集言語

人是靠言語思考，
靠言語組合思考，
發聲說出來，思考就會延展開來。
然後，人會被自己創造出來的言語控制。
言語就是如此有趣。

本書刊頭二跨頁的書法，是我把自己平時想的東西寫下來的文字。追根究柢，我想應該是希臘時代的哲學家說過的話，而我是在哪本書上讀過。

人在思考事情，成立理論時，使用的單位就是言語。有趣的是，除了在頭腦裡思考外，並發聲說出來，自己的思考聽起來就會有不同的效果。再三思考那些言語，並且說出來，不覺中自己就被那些言語控制了。非常不可思議。

我從學生時代就很喜歡「言語」，遇到喜歡的文章，經常會抄寫在筆記本上。尤其是大學時期，看書的時候一定會把筆記本擺在旁邊。我不會在書上畫線或寫字，看到覺得不錯的言語，就抄在筆記本上。這麼做，文章就會進入自己體內，深深地刻印在記憶裡。

有時，文章讀到某個段落，我會暫時閉上眼睛，在自己內心彙整「作者想表達的是不是這個呢？」遇到印象特別深刻的句子，也會試著唸出聲來。

在報紙或雜誌上，看到有興趣的報導，就剪下來保存。最好是貼在剪貼簿上，做好整理，但我沒有做到那種程度，只是收在書櫃或書架角落。有時不經意地看到以前剪下來的東西，會覺得很有趣。

晚上睡前，我一定會把筆記用的紙擺在枕邊，想到什麼就寫下來。

這種「言語收集」的工作，我維持了很長一段時間。總而言之，我就是喜歡言語。遇到好的言語，就想收為己有，所以會試著留在記憶裡、或抄下來、或唸出聲來、或在大腦裡默唸。

現在有時間，也會躺著看書，做那樣的事。不過，最近不太使用筆記本，大多寫在手機裡。

迷上詩的言語

詩也是從學生時代就很喜歡，經常背誦。現在也能琅琅上口幾句，例如茨木則子的〈櫻花〉。

落櫻繽紛下 恣意漫步
頃刻 如名僧頓悟
死方為常態 生如綺麗海市蜃樓

死亡是人類原有的樣貌。活著的時間，宛如虛幻的泡影。即便如此，人生依然值得眷戀——這是名僧將經過漫長修行所得到的生死觀，以簡單扼要的言語呈現出來，讓我感受良多。

我喜歡茨木則子寫的詩集，也喜歡她的著作《閱讀詩心》，裡面介紹了很多首詩，並附加解說。雖是給兒童看的書，但大人也可以從中學到很多東西。

萩原朔太郎的〈心〉，也是我經常想起的一首詩。

該將心比喻成什麼
心如紫陽花
雖有桃紅綻放時
然無奈多為淡紫色的回憶
心如暮色中庭園的噴泉
足音跫然似有似無
心為回憶傷悲
然再傷悲亦如覆水
啊，該將心比喻成什麼
心如兩人的旅行
沒有了旅伴無人可說話
我的心總如此孤寂

其實，《地海戰記》的插曲〈瑟魯之歌〉的靈感，是來自這首詩。我拜託導演宮崎吾朗寫歌詞，他問我：「歌詞要怎麼寫？」這時候，我隨口吟起了這首詩。因為主角格得與亞刃兩人的旅程，就像這首詩。最後，吾朗寫出了非常好的歌詞。

我跟一般人一樣，讀過宮澤賢治及石川啄木，有段時期也為西脇順三郎這位超現實主義詩人傾倒過。

但說到我的時代，非谷川俊太郎莫屬。〈二十億光年的孤獨〉是我非常喜歡的一首詩。我有緣認識谷川先生，請他寫了非常優美的詩，作為《紅烏龜：小島物語》的宣傳廣告文案。

赤手空拳背向水平線，
頂著狂風駭浪，
有如呱呱落地的嬰兒，
男人來自大海。

這裡是哪裡？
現今是何時？
生命來自何方，
又將往何處去？

天與海永遠相連，
曆書不可測的時光，
世界無法回以言語，
而回以另一個生命。

說到廣告文案，或許一般會認為與詩背道而馳，在我內心卻是相連的。我在寫廣告文案時，總是會想著詩。在這方面影響我最深的，老實說或許是八木重吉。我買了全套三冊，重複看過好幾遍。

還有一位，絕對不能不提，那就是寺山修司。不光是詩，他是在各方面都影響了我們這個世代的作家。十八歲時，我在書店偶然看到《時代的射手》這本書，受到的衝擊有如當頭棒喝。之後，我涉獵大量書籍，還去看了戲劇。

也是寺山修司讓我開始思考，所謂的詩是什麼？讀詩不再只是為了娛樂。尤其是《戰後詩　由利西斯之不在》這本書，讓我茅塞頓開。戰後，以各種型態出現的現代詩，經過寺山修司解說後，也都會別開生面。

因為這樣，我對原本沒什麼興趣的日本歌謠也產生了興趣。其實，我們這個世代，從國中到高中，幾乎只聽日文流行歌曲（被翻譯成日文的西洋歌曲）。因為寺山修司的關係，我開始聽各種流行歌，驚訝地發現竟然有那樣的世界。例如，作詞家星野哲郎的〈出世街道（成功大道）〉。

即使當個乖乖牌，討大家喜歡，
當落魄時，不也是孤獨一人？
自己的墓地自己找，
對，就憑著這股勁活下去吧。

光看歌名，會以為是奔向成功大道的歌，內容卻完全不是那樣。歌詞說——我們總想當個八面玲瓏的人，討大家喜歡。然而，當落魄時，沒有人會幫我們。驀然回首，會發現只剩自己孤獨一人——與成功毫無關係，但是，詞寫得非常好。星野哲郎還有一首歌，名為〈再見（さようなら）〉是五個平假名〉。把人與人的邂逅、別離、人生的種種場面，凝縮呈現出來，歌名本身就可以當廣告文案了。

透過寺山修司，我發現歌曲裡，有比爛現代詩更令人驚艷的詩詞。

若要從寺山修司本身的作品中，選出一篇我喜歡的作

さよならだけが
人生ならば
また来る春は何だろう

品，我會選擇〈幸福若是太遙遠〉（前頁）。

若說再見才是人生，那麼再次到來的春天是什麼？
綻放在遙遠遙遠盡頭的野百合是什麼？
若說再見才是人生，那麼相逢的日子是什麼？
幽邃柔美的晚霞與兩人的愛是什麼？
若說再見才是人生，那麼築起的家是什麼？
在冷清孤寂的平原上亮起的燈是什麼？
若說再見才是人生，那麼我不需要人生。

這是首好詩，但其實算是某種翻案作品。有一說是以中國的漢詩〈勸酒〉為範本，另有一說是來自法國的詩。井伏鱒二有〈勸酒〉的出色譯文。

コノサカヅキヲ受ケテクレ（請收下此酒杯／勸君金屈卮）
ドウゾナミナミツガシテオクレ（請將酒滿滿斟滿／滿酌不須辭）
ハナニアラシノタトヘモアルゾ（俗話說花開總遇風雨／花發多風雨）
「サヨナラ」ダケガ人生ダ（唯有再見才是人生／人生足別離）

倘若，寺山修司是看到這首詩，才寫下了〈若說再見才是人生〉，那麼，就是一首精彩的「答詩」。人往往會把「相遇」與「別離」分開思考，然而，有句話說「相逢是別離的開始」，其實兩者是一體的。並不是「生」結束後，「死」才開始，而是在「生」結束的同時，「死」也結束了。這應該是東洋的思想吧。

不過，從這首詩可以知道，寺山修司的作品少有完全是原創。例如，由寺山修司作詞、Carmen Maki主唱的歌〈有時像沒有母親的孩子〉，歌詞也非常好，但其實是以美國黑人靈歌為範本寫出來的。現在的年輕作家、導演被稱為「抄襲世代」，其實，就某方面來說，或許寺山修司的世代才是第一代的抄襲世代。

但是，我對寺山修司的崇拜，應該也包括這點在內，我把他當成了「言語的魔術師」。大學時代在同人誌寫關於《遠野物語》的評論時，我記得我是非常有意識地想著「如果是寺山修司應該會這麼寫」。

這是收錄在《梁塵秘抄》裡的歌。我是模仿由堀田善衛揮毫，他的女兒再轉讓給我的墨寶，結果字完全不一樣。看來，我似乎不善於臨帖。要我臨摹圖畫很容易，文字就難了。
〔中譯〕前頁：若說再見才是人生，那麼再次到來的春天是什麼？左頁：孩童是為玩樂而生嗎？孩童是為嬉鬧而生嗎？聽見孩童嬉戲的聲音，我的身體也不由自主的舞動起來。

遊びをせんとや生まれけむ
戯れせんとや生まれけむ
遊ぶ子供の声きけば
我が身さえこそ動がるれ

這是釀酒廠委託我寫的字。我認知到力量的強大，特別把重點擺在「力」字上。

〔中譯〕持續就是力量。

はみ出す

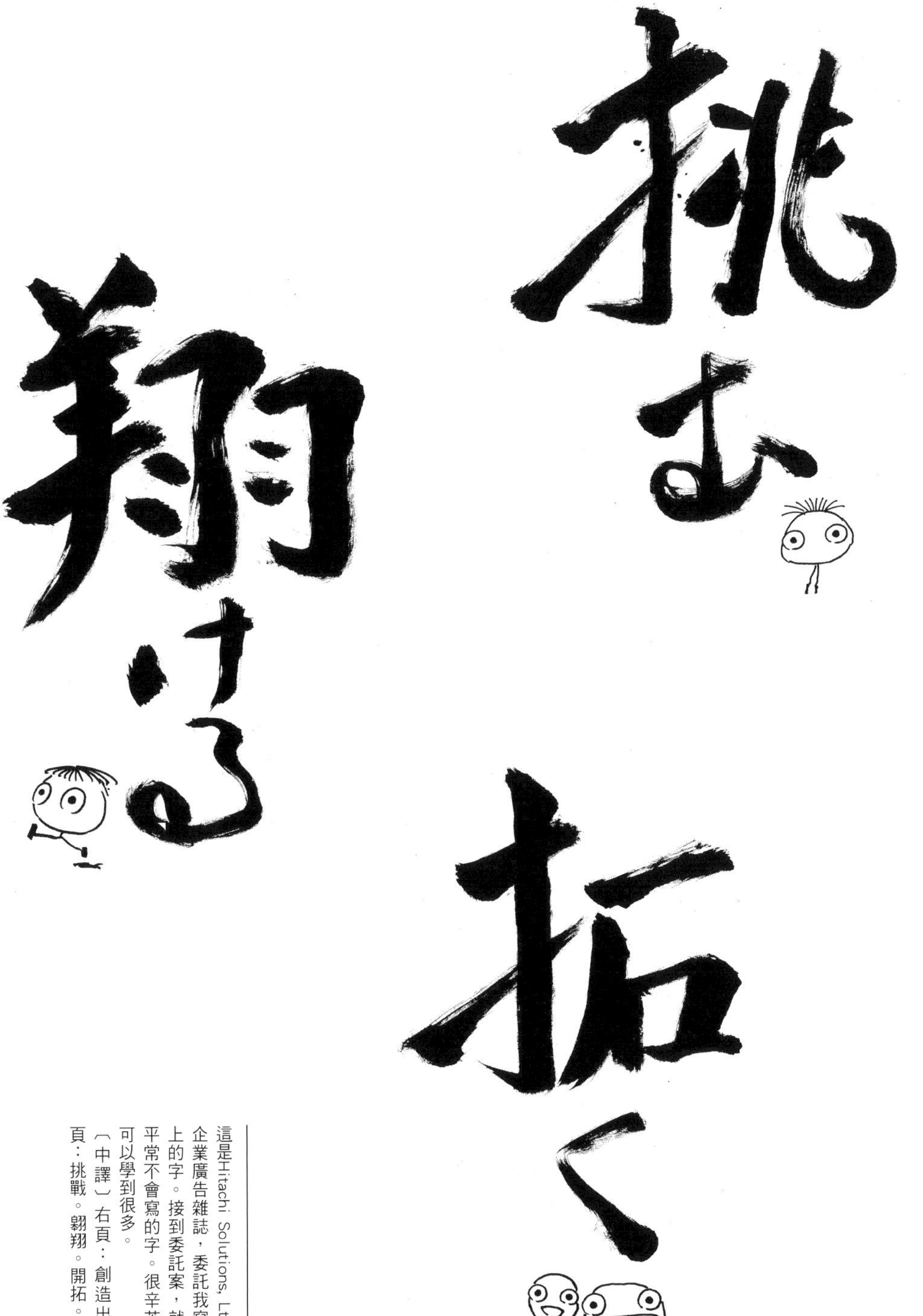

這是Hitachi Solutions, Ltd.出版的企業廣告雜誌，委託我寫在封面上的字。接到委託案，就要寫我平常不會寫的字。很辛苦，但也可以學到很多。

〔中譯〕右頁：創造出來。左頁：挑戰。翱翔。開拓。

内なる力を
呼び醒ませ

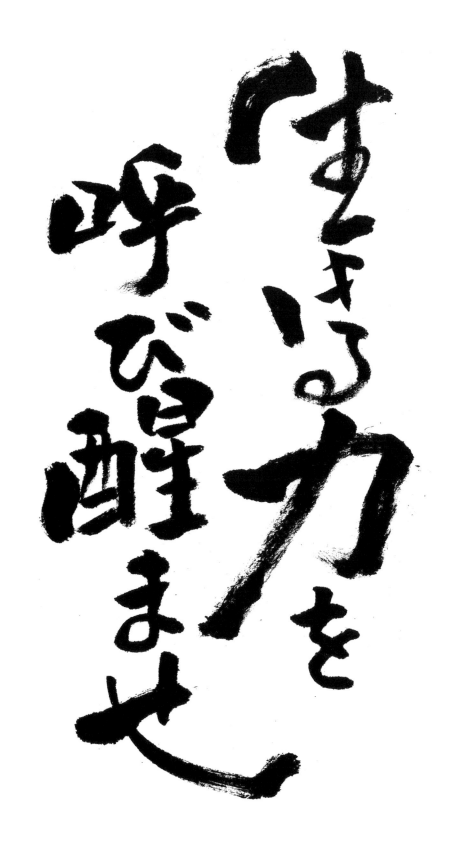

右頁：《神隱少女》的廣告文案。
〔中譯〕喚醒求生的力量

左頁：我在月刊雜誌《NAGOMI》，與禪宗僧侶進行了對談。這是為那本雜誌的封面所寫的字之一。在看到「生死一如」這句話的瞬間，我認為重點應該是在「死」字上。猶豫再三後，我試著讓左下在比原應位置更下方收筆。

這句話由右至左是「敬天愛人」，很多人都說「看不懂」。意思是尊敬上天，友愛世人。這是西鄉隆盛因為喜歡而寫下的字，真正的作品就掛在我長年光顧的雞肉壽喜燒店的欄杆上。我拿來當範本臨摹，但或許寫得不太像（苦笑）。

どつにも
ならんことは
どうにもならん

第一次看到這句話，是在十年前。我去愛知縣的曼陀羅寺時，現場貼著這張講經題目。我當下記住了，回來後試著寫出來，宮崎駿好像也很喜歡。在製作《崖上的波妞》期間，這張廣告文案一直張貼在他的桌子前面。

〔中譯〕怎麼樣都沒辦法的事，就是沒辦法，總會有辦法的事，就是會有辦法。

もっと
社会に

川上量生先生一如往常來訪，對我說：「請幫我寫什麼字。」川上先生說他最近迷上數字，正在補習班學數學，那家補習班請他想個標語。我寫給他看，問他：「這個如何？」他說：「啊，很好。」就直接帶走了。

〔中譯〕給社會更多的數學

空間を画しているものを物といい
時間に起こるものを事という
その物を離れて心はなく
心を離れて事物はない
その物の変遷推移を人生という

戲作調的起源

從青春期到大學時代，我也如飢似渴地閱讀了小說。從純文學到大眾小說、從現代類到歷史類，涉獵了所有的領域。

要說喜歡的作家，說也說不完。不過，對我來說，野坂昭如先生是很特別的作家之一。尤其是《螢火蟲之墓》，在我大學一年級的秋天，刊登於《ＯＯＲＵ讀物》，我沉迷其中渾然忘我。後來吉卜力在拍電影時，我也見到了野坂先生本人，回想起來，真是不可思議的演變。

第一次看《螢火蟲之墓》時，內容就不用說了，連文體都深深吸引了我。完全不打句點，以行雲流水般的獨特節奏銜接成文章。這種文體又稱為「饒舌體」，當時我很好奇：「這到底是什麼文體？」把他的著作全都看過一遍，發現他自己在隨筆中提道：「我的文體是受到織田作之助的影響。」

於是，我興致勃勃地閱讀了織田作之助的著作。他有很多作品，我最喜歡的非《夫婦善哉》莫屬。舞台是從大正時代到昭和時代的大阪，描寫北新地的臨時女服務生，和批發商的大少爺私奔。女方精明能幹，很努力做生意，但男方是個無藥可救的花花公子，什麼都做不好。儘管如此，兩人還是設法一起活下去，是人情味濃厚的故事。不知道為什麼，

這是令人不得不讚嘆的名文。我記得是寫在賀年卡上，讓大家猜「這是誰的文章？」正確答案是夏目漱石。是他名為〈人生〉的隨筆。我寫在這裡的比較簡略，原文如下。

「空を劃くして居る之を物といひ、時に沿うて起る之を事といふ、事物を離れて心なく、心を離れて事物なし、故に事物の変遷推移を名づけて人生といふ」。

後來，加藤周一先生也曾在《日本文化上的時間與空間》這本書中，討論過這個問題。仔細想來，電影本身也是時間與空間、事物的變遷推移。

〔中譯〕隔開空間的東西是為物，發生在時間上的東西是為事，離了事物則無心，離了心則無事物，事物之變遷推移是為人生。

我從以前就喜歡這一類的故事。

野坂先生的根，源於「織田作」。那麼，織田作又是受到什麼影響呢？答案是江戶時代的井原西鶴的浮世草子（譯註：浮世草子是江戶時代產生的日本前期近世文學主要的文藝形式之一。又稱浮世本。）。

從《源氏物語》開始的日本小說，很長一段時間都是貴族及上流階級的讀物。到了浮世草子的時代，題材變成庶民的生活，讀者也變成庶民，才開始廣泛地流傳開來。然後，到了江戶後期，「戲作（娛樂通俗小說）」大受歡迎。

如此形成的戲作調的文體，連綿延續到昭和，連接上了野坂先生。後來我才發現，我喜歡看的小說的主軸之一，就是這個戲作調的文體。

與野坂並稱為三大家的井上靖先生，雖然文體不同，也寫了以戲作者為主角的小說《手鎖心中》。這是很有趣的吻合吧？

說到戲作調的派流，首推中里介山的《大菩薩嶺》，以及深澤七郎的《笛吹川》。這兩本書，我也看得渾然忘我。以大眾小說的形式，淡淡述說著人的生死，根柢是十分深奧的無常觀。我會被《方丈記》吸引，可能也是這個原因，其中說道「逝川流水不絕，然非原水。浮於淤積處之水泡，此消彼起，未有久留之例」。萬物生滅流轉，沒有任何永遠不變的東西。也基於對佛教的興趣，在我體內一直存在著那個感覺。或許是事後諸葛，我覺得我會接觸書法和毛筆，似乎也與無常觀有關。

解脫言語的束縛

舉例來說，人在談戀愛時，都會被「喜歡」這種強烈的情緒束縛，所以，就算遇到種種問題也都能忍受。但是，某天，猛然清醒時心想：「我真的喜歡對方嗎？」然後開始不斷的自問自答，先暫時拉開距離，確認感情、整理思緒。

我覺得相同的狀況，也存在於「喜歡的言語」上。喜歡上某句話，會想占為己有，不是寫下來就是說出來，跟那句話共同渡過某段時期。然而，持續一段時間後，會發現自己的思考被那句話束縛了。這時候開始拉開距離。之後，在快要忘記時再遇見那句話，說不定會看到完全不同的一面。

我要再看一次以前喜歡的電影時，會在心中反芻過去的印象後再重看。先回想那是怎麼樣的電影？自己以前覺得哪個場景好？在大腦整理好後，再思考現在看會是什麼感覺？亦即，與過去的自己決勝負。

實際上，很多作品都是年輕時看覺得好，現在看還是覺得好。只不過，有時會從完全不同的觀點去看，就會有新的發現，很有趣。但也有長期以來一直覺得是名作的作品，竟意外發現不是那樣……

喜歡、被束縛、別離、重逢，或許人生就是這樣的不斷重複。

即便如此，在我內心，還是一直有被某樣東西束縛的感覺。所以，看到可以持續地自然變遷的人，我就很羨慕。

例如，宮崎駿。他真的是一個自由自在、不斷在改變的人。看著他，就覺得他不是靠言語在組合思考。他會觀察人，再畫成具體的畫呈現出來。所以，他不會被自己說出來的言語控制住。

但是，為了讓世人理解他做的事，還是需要轉換成言語。我所做的事，或許就是使用言語，搭起宮崎駿與觀眾之間的橋樑。

在讀書方面，從某個時期開始，為理解宮崎駿而閱讀的書，成為主幹之一。

有時，我會把他無意識中思考的事轉換成言語，抛回給他自己。有時聽到我說的話，他會恍然大悟。那個瞬間很有趣。

這個時候，我是言語，他也是言語，是言語的真正決戰。所以，要跟他交談的日子，我會先大致想好內容。最少會準備三個話題，還要先想好順序，在自己內心模擬好幾次。從來沒有一次，是毫無防備的去見他。

四十年來一直是這樣的交談，所以氣氛總是有點緊張，從來不曾水乳交融過。對我們彼此來說，都能因此得到好的收穫。或許，連結我與宮崎駿的大祕密就在這裡面。

無愛想

「無愛想」是寫給為《來自紅花坂》配音的女星長澤雅美。真正的她，是個外表冷若冰霜，其實內心熱情如火的類型。而「無器用」是寫給演對手戲的岡田准一。兩人的演技都非常好。

〔中譯〕右頁：冷若冰霜。左頁：心拙口笨。

無

右頁：我從以前就迷上「無」字，經常寫這個字。看到小津安二郎的墓碑上，只寫著「無」一個字時，心有所感。
左頁：某天，我在電視上看到龍雲寺的住持細川晋輔和尚正在講解禪。當時，提到了這句話，我心想原來這就是禪啊，留下了深刻的印象。我想「即今目前」，應該是「專注於當下此刻」的意思。至於「放下著」，或許是「連無物可捨棄的心都捨棄」的意思，我至今還未能完全理解。我把這張書法裝裱成掛軸，送給了《紅烏龜：小島物語》的導演麥可．度德威特。
〔中譯〕放下著，即今目前。

JOE
HISAISHI
JUIN 2017

2. 製作電影時寫下來的

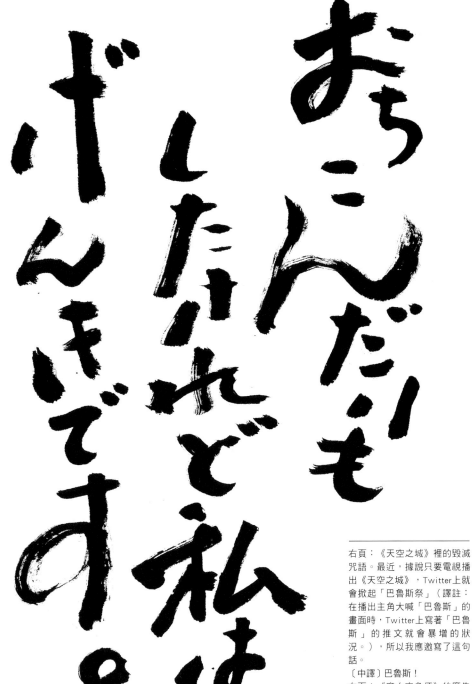

おちこんだりもしたけれど私はげんきです。

右頁：《天空之城》裡的毀滅咒語。最近，據說只要電視播出《天空之城》，Twitter上就會掀起「巴魯斯祭」（譯註：在播出主角大喊「巴魯斯」的畫面時，Twitter上寫著「巴魯斯」的推文就會暴增的狀況。），所以我應邀寫了這句話。

〔中譯〕巴魯斯！

左頁：《魔女宅急便》的廣告文案，是糸井重里先生之作。

〔中譯〕雖然也曾沮喪，但我活得很好。

ここで
働かせて下さい。

自分で行って運を試しな

出自《神隱少女》。
右頁：千尋的台詞。
〔中譯〕請讓我在這裡工作。
左頁：釜爺的台詞。
〔中譯〕妳自己去試試運氣。

ポニョ、宗介スキ！

あなた、
生きて

右頁：《崖上的波妞》中波妞的台詞。
〔中譯〕波妞喜歡宗介！
左頁：《風起》中菜穗子的台詞。最後一幕在繪圖分鏡上，是寫「あなた、来て（你過來）」，但是，最後變成了「生きて（活下去）」。
〔中譯〕你要活下去。

命を大切に
しない奴なんか
大きらいだ!

《地海戰記》中瑟魯的台詞。
〔中譯〕我最討厭不珍惜生命的人！

傳達電影

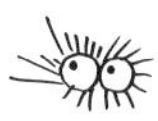

我認為要將電影傳達給世人時，有三大要素。

首先，非標題莫屬。以《霍爾的移動城堡》為例，城堡原本是不會動的東西，所以聽到這個標題的人，會想「到底是怎麼回事呢？」因而產生興趣。

若說標題就像這樣，是最先抓住觀眾心的東西，那麼，更進一步傳達電影內容的就是宣傳標語。在《天空之城》中，使用的宣傳標語是「某天，少女從天而降……」從標題可以知道，故事是描述飄浮在半空中的城堡。再加上「少女從天而降」的資訊，就會擴大對故事的想像。

另一個要素是視覺效果。動畫電影是畫。觀眾看到象徵作品的畫，就會清楚知道作品的世界觀。

這三個要素搭配得好，就能讓觀眾擴大想像，對電影產生興趣。這就是製作人的拿手好戲了，我本身至今都很享受這個工作。

回想起來，以「三個成套」來思考事情的工作手法，是從我當雜誌編輯時就開始實行了。當時，德間書店出版了漫畫雜誌《Comic & Comic》，我是那本雜誌的編輯，每次收到手塚治虫先生和石ノ森章太郎先生的原稿，就要構思「吸睛」的句子。所謂吸睛的句子就是標語，亦即現在的廣告文案。有標題、有圖畫、有吸睛的句子，組合起來就能刺激讀者的閱讀欲望。現在回想起來，我可以說是在漫畫的編輯工作中，不知不覺學會了宣傳的方法。

在當時的工作中，記憶最深刻的是，把千葉徹彌的插畫彙整成一本雜誌文體的《千葉徹彌的世界》。我從《小拳王（原名：明日之丈）》選出矢吹丈全身雪白地癱坐在拳擊場角落的名畫，作為附贈的海報。但是，只有畫總覺得少了什麼。這時候，我想到「丈還活著，死的只是丈的『明天』」這句話。那應該是我第一次創作的「廣告文案」。不知道當時為什麼能寫出那樣的句子，現在再看，也覺得是很好的廣告文案。

「生存」的主題

那之後，開始做新的雜誌《Animage》，透過這本雜誌的採訪，我認識了高畑勳和宮崎駿。後來又因為《風之谷》，參與了電影製作。正好在那時候，電影界出現了很大的變化。

看好萊塢電影就很容易明白。在1970年代之前，電影的主題幾乎都是「愛」。不論是家庭倫理劇、西部劇、警匪片，即使類別不同，成為根基的主題都是「愛」。

改變這個主題的是《星際大戰》。師父將武藝傳承給弟子、主角與內心的黑暗面奮戰，變成以某種哲理、哲學為主題。《星際大戰》以大眾化的形式來表達這個主題，抓住了全世界觀眾的心。

簡單來說，哲學就是「生存」。人活著是怎麼回事？今後我們該如何活下去？——在這個許多人都有煩惱的時代，需要的是描寫哲學及心理的電影，吉卜力製作的電影也一直是以此為主題。

所以，做宣傳時，必然會常用到與「生存」相關的言語。把主要的廣告文案列出來，就能看出端倪。

4歲和14歲，都想活下去。《螢火蟲之墓》
活下去。《魔法公主》
喚醒「求生的力量」！《神隱少女》
如果沒有父親我就能活下去。《地海戰記》
能生在這世上真是太好了。《崖上的波妞》
一定要活下去。《風起》

吉卜力出品的廣告標語，自《龍貓》與《螢火蟲之墓》以來，幾乎都是委由糸井重里先生構思。另一方面，宣傳還需要廣告正文（以長文章說明作品的廣告文案）和廣告副文，這些有很多都是我和宣傳的工作人員想出來的。

吉卜力的電影製作是家庭手工業。大家不只要負責自己的領域，還要做各種事。例如，故事人物的聲音，基本上是請專業配音員配音，但是，配角的配音員不夠時，我們也會被拖去配音。

我算是製作人，但也要做廣告文案、寫標題LOGO、畫海報草稿。通常會委託專業做的事，在吉卜力有很多都是我們內部的人自己做。所以，有人問我：「製作人是做什麼的？」我都會回說：「打雜的。」

聽導演說話

製作一部電影時，除了內容以外，還會出現種種現實問題。例如：預算的籌措、工作人員的安排、進度管理、宣傳、上映等問題。製作人必須處理所有的事，但是，其中最重要的是聽導演說話。

人為某件事煩惱時，都會想找人商量，我想這是誰都有過的經驗。當電影的導演，在拍片期間會有煩惱不完的事。而導演的商量對象，就是製作人。

找人商量的一方，並不期待對方能給自己答案。在說的過程中，那個人會自己理出頭緒，讓大腦變得清晰。或者，找到自己心中原本就有的結論。重要的是這個過程。所以，我會花一小時、兩小時，甚或更長的時間，專心聽對方說話。

成為高畑勳、宮崎駿的最佳傾聽者，對我來說是件大事。這時候，最重要的是正確理解對方說的話，不能只是漫不經心地應和「哦～」面對那樣的傾聽者，任何人都不會有說話的意願。要成為好的傾聽者，必須作好相當的準備。要讀書、要學習，盡可能接近對方的教養程度。有了這樣的背景，才能做出正確的回應。

聽導演說好幾個小時的話，也能從中理解作品的本質。對製作人來說，這點也非常重要。

即便是製作一張海報，也必須了解作品的真正意義。只靠標題、廣告文案、視覺三個要素，很難貼切的表現出電影的內容。我不但參與籌劃，製作期間也都跟在導演身旁，所以才能寫廣告文案、畫海報。如果只叫我負責廣告，恐怕非常困難。

在充分理解後，該以怎麼樣的言語、怎麼樣的方式，具體地傳達導演的意圖、作品的本質呢？我最終體認到只有一件事。

就是希望觀眾都能開心——僅此而已。我覺得拍電影跟開拉麵店一樣。店有百百種，真的好店應該為客人著想。無論如何，都不能偏向自我的表現或自我的執著，要隨時顧慮收受的一方。這樣就不會迷惘，自己也會更輕鬆。我認為所謂的娛樂就是要這樣。

木々を愛で
虫と語り
風をまねく鳥の人

《風之谷》廣告文案的提案。是我第一次為電影宣傳寫的廣告文案。很遺憾，當時沒有被採用。
〔中譯〕關愛樹林，與蟲交談，召喚風的鳥人。

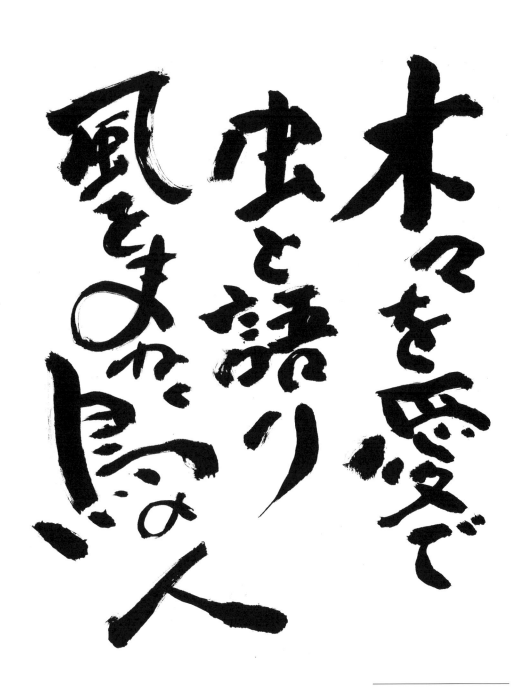

ある日、少女が
空から降ってきた。

右頁：《天空之城》的廣告文案。這是我在電影上，第一次被採用的廣告文案。
〔中譯〕某天，少女從天而降。
左頁：《龍貓》的廣告文案。糸井重里先生最初寫的廣告文案是「已經不存在於日本」，但是，宮崎駿說「有！」所以變成了這個廣告文案。
〔中譯〕這麼稀奇的生物還存在於日本。大概吧。

こんないきものは、
まだ日本に
いるのです。たぶん。

カッコイイとは、
こういうことさ。

見えぬものこそ。

右：《紅豬》的廣告文案。糸井重里先生之作。
〔中譯〕所謂的帥氣就是這樣。
左：《地海戰記》的廣告文案。糸井重里先生之作。
〔中譯〕無形的事物更值得珍惜。

右：《崖上的波妞》的廣告文案。
〔中譯〕能生在這世上真是太好了。
左：《來自紅花坂》的廣告文案。不用說，出處當然是坂本九的大暢銷曲。
〔中譯〕昂首向前走。

生まれてきてよかった。

上を向いて歩こう。

右：《魔法公主》的廣告文案。糸井重里之作。經過三十幾次的傳真討論，才決定了這短短三個字。
〔中譯〕活下去。
左：《風起》的廣告文案。
〔中譯〕一定要活下去。

姫の犯した罪と罰。

どこから来たのか
どこへ行くのか
いのちは？

右：《輝耀姬物語》的廣告文案。
〔中譯〕公主犯下的罪與罰。
左：《紅烏龜：小島物語》的廣告文案。截取自谷川俊太郎先生應邀全新創作的詩。
〔中譯〕生命來自何方？又將往何處去？

ひっそりと
生きるしかない。
一所懸命に。

上：為《借物少女艾莉緹》而寫的字。住在地底下的小人們，絕對不能被人類發現，所以只能悄悄地活著。「一所懸命（全力以赴）」是我很喜歡的一句話。比起「一生懸命（全力以赴）」，我更喜歡寫成「一所懸命」。把生命賭注在一個地方。說到「一所懸命」，首先浮現腦海的是加藤泰的電影裡的女主角們。自從溝口健二以來，日本電影有一派專門描寫女性的堅強。宮崎駿描寫的女主角，比較偏向強調「勇敢」。全心全意、勇敢、一所懸命。在我心中，存在著「這樣活著的人真好」的價值觀。

〔中譯〕只能悄悄地活著。全力以赴。

左頁：《龍貓》裡的小月的台詞。

〔中譯〕是夢，卻也不是夢。

夢だけど
夢じゃなかった。

私は生きるために
生まれて来たのに

《輝耀姬物語》中輝耀姬的台詞。
〔中譯〕我生下來就是為了活著。

力をつくして
これを為せ。
―旧約伝道の書

成為《風起》台詞來源的一句話。
〔中譯〕盡力而為。——舊約傳道書

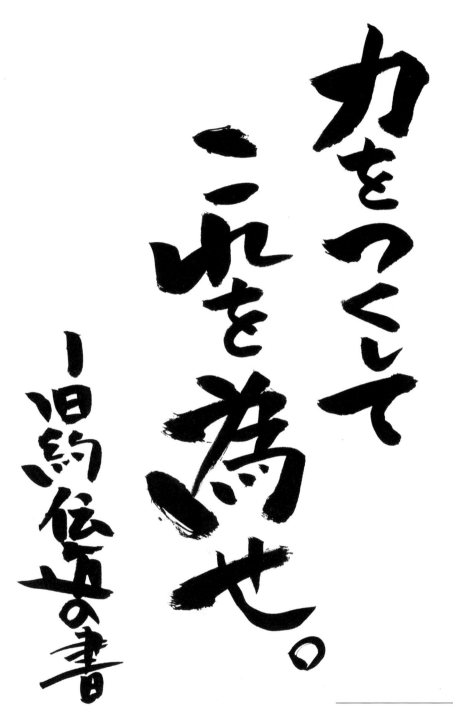

色即是空

3. 不為己 只為他人

宮崎駿と久石譲が
出会って三十五年、
あの時、あの場面で、
ふたりが出会って
いなければ、
そう考えると
ふと恐くなる
久石譲のいないジブリ
なんて
[illegible]だ。

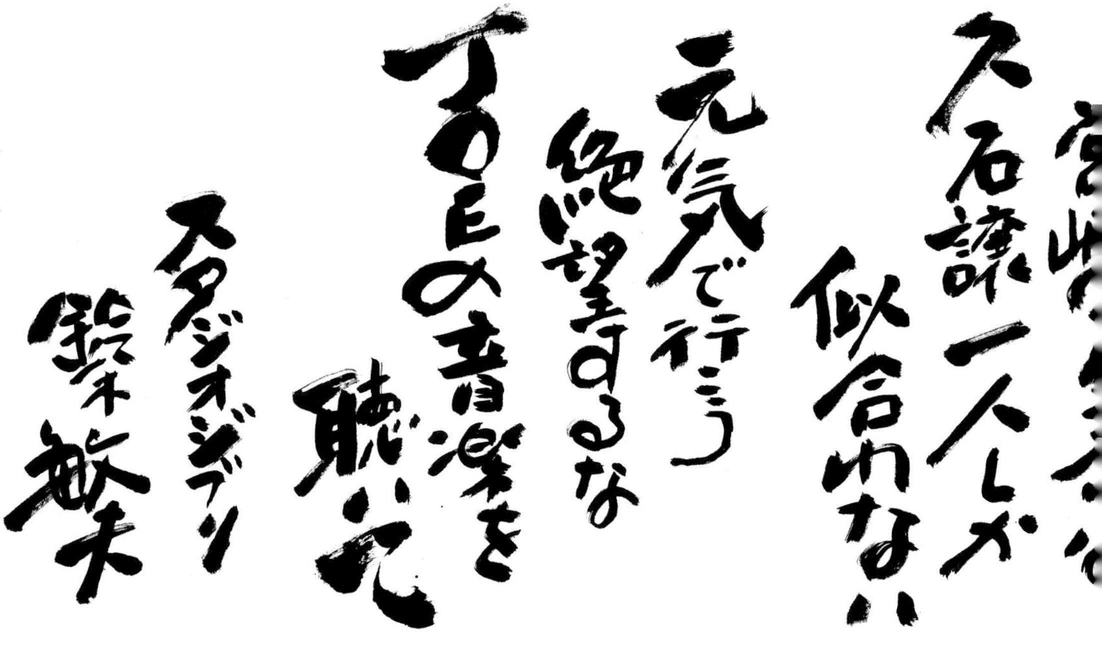

這是2017年，我為久石讓先生在巴黎舉辦的音樂會而寫的。久石讓先生親自指揮，演奏了從《風之谷》到《風起》等吉卜力作品的音樂。樂團背後的佈景精心設計，會播放出電影名畫面，也播放了這張書法，聽說法國的觀眾們都拍手喝采。可能是那裡的人，覺得毛筆字很新鮮吧。

「神采奕奕向前走，莫要絕望」，是借用了太宰治的《津輕》裡的一節。「無法想像沒有久石讓的吉卜力」，是模仿「無法想像沒有CREAP（森永奶精）的咖啡」（笑）。

（中譯）宮崎駿與久石讓，相識三十五年。若兩人未在那個時刻、那個場合相遇，會如何呢？這麼一想，就不禁害怕。無法想像沒有久石讓的吉卜力。我要再說一次，唯有久石讓一人能與宮崎動漫相呼應。讓我們聽著JOE（讓）的音樂，神采奕奕向前走，莫要絕望。吉卜力工作室 鈴木敏夫。

英文的題字（次頁），我寫了好幾張。大寫、小寫交錯的英文字母中，小寫一直寫不好，寫得好辛苦。

（中譯）久石讓交響樂演奏會：音樂出自宮崎駿吉卜力工作室。

aishi
c Concert
from
Ghibli Films
Miyazaki

The Hi
Sympho
Mus
the Studio
of Haya

男鹿和雄展

堀田善衞

ガルム・ウォーズ

GARMWARS

GARMWARS

這是押井守導演在加拿大拍攝的電影《加爾姆戰爭：最後的德魯伊》的標題LOGO。我與押井先生是從雜誌《Animage》以來的老朋友。他委託我製作日文版，所以我寫了LOGO。

DWANGO會長川上量生先生，是在製作《來自紅花坂》的時候，來吉卜力見習當製作人。
他經常說：「今晚可以去嗎？」就跑來我的祕密基地「煉瓦屋」。這次也是深夜跑來，對我說：「請幫我寫點什麼。」原來他是要在niconico動畫製作23小時電視。
我用畫筆畫圖、用毛筆寫字，將兩者組合。經常有人問我：「這是什麼動物？」其實我也不知道，只是隨手畫了出來（笑）。

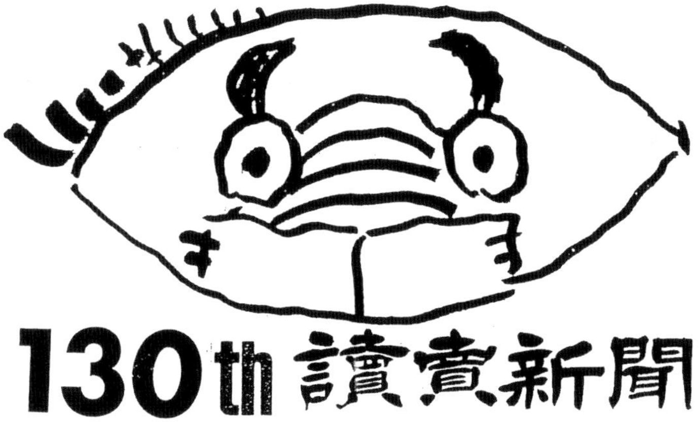

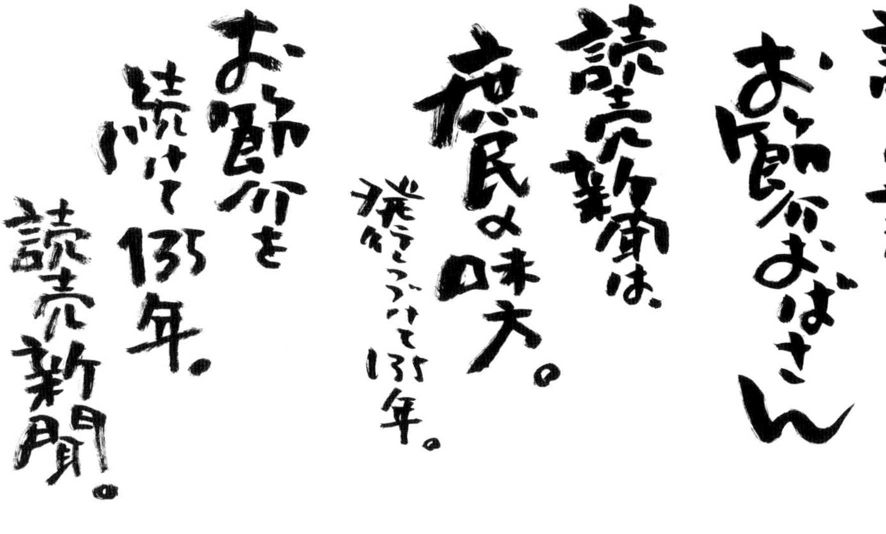

在宮崎駿為日本電視台設計吉祥物「NANDARO（這是啥東西）」之後，讀賣新聞也委託我為130週年紀念做個什麼東西。當時，我畫的就是這個。這隻蟲（？）也不知道是什麼。
〔中譯〕讀賣新聞是愛管閒事的歐巴桑。讀賣新聞是庶民的朋友。持續發行135年。持續愛管閒事135年。讀賣新聞。

這是寫給日本電視台的元祖24小時電視的作品。因為主題是「ありがとう（ARIGATOU，謝謝）」，所以玩了「ありが１０匹（ARIGATOU-HIKI，十隻螞蟻）的文字遊戲。我與米林宏昌兩人合作，他畫圖，我寫字。

もとたて保育園
もとたて保育園
もとたて保育園

山形的保育園（幼稚園）請我作畫，我畫了老鼠給他們。後來畫在交通車上，也大獲好評。所以我又寫了名字LOGO。

SUKIYAKI 50 PROJECT

要把〈昂首向前走〉當成《來自紅花坂》的插曲時，認識了作曲者中村八大先生的兒子力丸先生。那時候，正好是〈昂首向前走〉在全美榮獲第一名的五十年後。這是我為他正在進行的「SUKIYAKI 50 PROJECT」而寫的LOGO。

SETOUCHI SEAPLANES

幾年前，透過對我們很照顧的前日本電視台工作人員田村和人先生的關係，接到在瀨戶內海營運水陸兩用機的公司「瀨戶內SEA PLANES」的委託，請宮崎駿監修飛行艇的設計。看到完成的機體的照片，總覺得不適合印刷字的LOGO。於是，我說：「手寫字會比較好吧？」結果變成：「那麼，請鈴木先生寫吧。」這個LOGO被使用在垂直尾翼上。附帶一提，那之後，田村先生成了吉卜力工作室的一員。

在我的畫作中，宮崎駿最讚賞的就是這隻「粉喵拉（KONYARA）」。某次，日清製粉提出由吉卜力製作電視廣告的企劃，但因種種緣由出現了問題。我向負責的幹部道歉，他說：「這樣我回不了公司。」於是，我迫不得已當場畫了這張圖。
我的助理白木伸子很喜歡這張圖，把圖貼在牆壁上，結果宮崎每天都來看。大約一個禮拜後的某天，他來我房間對我說：「到目前為止，在你畫過的畫裡，這隻貓畫得最好。」說完就走了。在電視廣告用的「動作集」裡，也收錄了兩張宮崎駿的插畫。

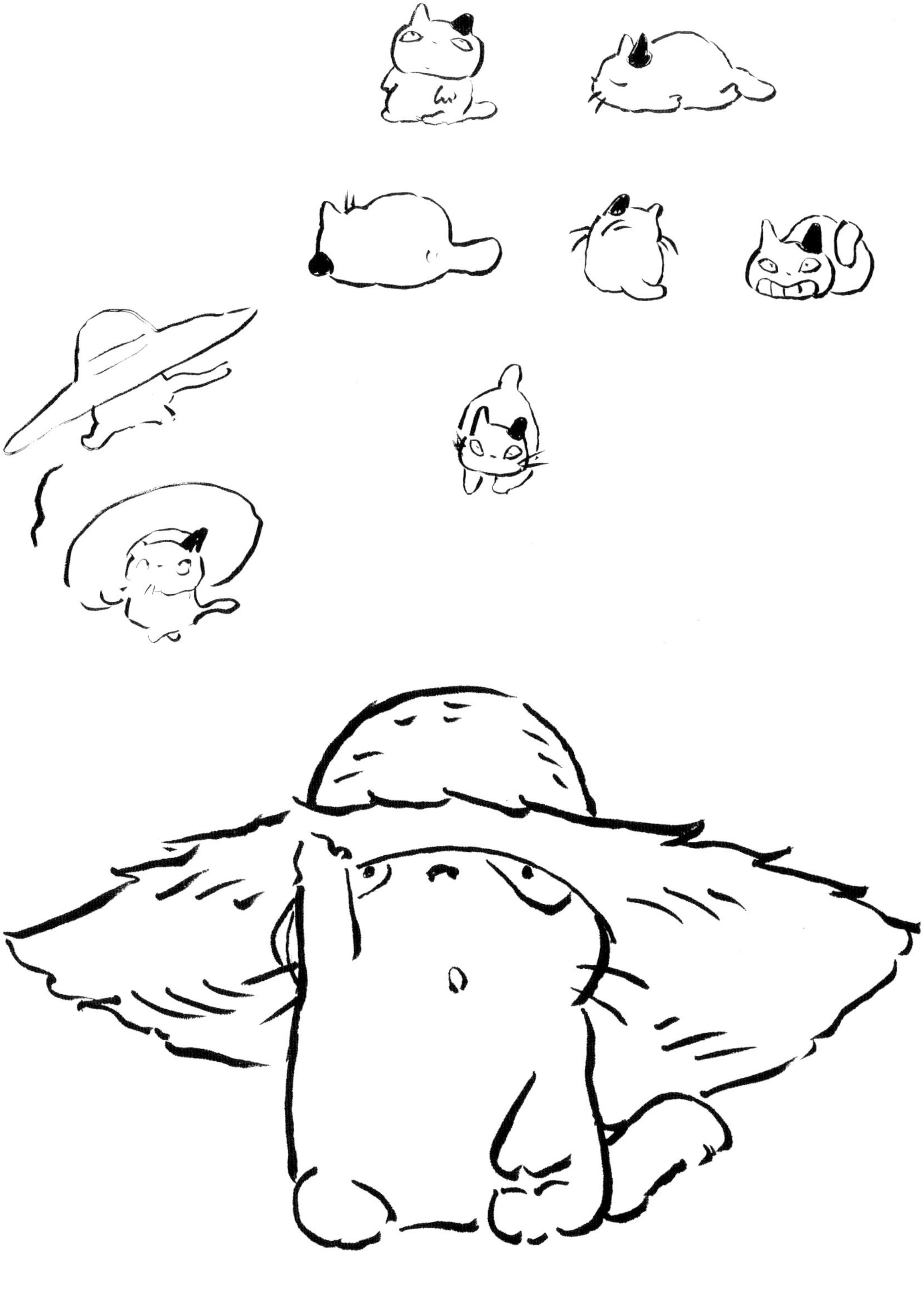

與伊藤園共同製作吉祥物時，完全想不出來要畫什麼。負責人西方大輔說：「來畫飯糰吧。」所以，我看著他的臉，畫了「飯糰君」。另一位負責人唯野周平說：「說到飯糰就想到飯勺。」所以，我看著他的臉畫了飯勺君。媽媽是製作室的田村智惠子。這是原來的畫。我心想再加入「Ghiblies」裡的野中君（野中晉輔），不就是一家人了嗎——就這樣完成了。

〔中譯〕上排由左到右：加油！飯糰就要是為某人而做。隔壁的飯糰君。中排由左到右：爸爸。飯勺君。飯糰君。媽媽。下排由左到右：了解！太棒了！晚安。早安。辛苦了。

這是在週刊雜誌《女性SEVEN》連載的故事的標題。KANYADA是我在意外機緣下認識的泰國人單親媽媽。因為她是個令人敬仰的女性，所以字寫成直線，再用兩個「の」來緩和氛圍——在下筆的瞬間，這樣的想法湧現腦海。

〔中譯〕南國的KANYADA

山賊の娘ローニャ

子どもたちに
見てもらいたい。
ーあのリンドグレーンの名作ファンタジーを完全映像化!

子どもたちに
見てもらいたい。
ーあのリンドグレーンの名作ファンタジーを完全映像化!

山賊の娘ローニャ

這是一度曾離開吉卜力的宮崎吾朗，在NHK製作電視系列時的標題LOGO。我向來覺得，給小孩子看的作品，最好用比較熟的字。題完字後，川上量生先生與我連絡，問我：「今晚有沒有空？」事實上，川上先生正是擔任這部作品的製作人。他說：「要做宣傳節目，所以幫我寫點什麼。」我回他說：「我會想想。」他說：「請現在就寫。」執意不肯離開。「現在電視上給小孩子看的卡通越來越少了，這次我想製作給孩子們看的作品。」所以我就把他說的話直接拿來當廣告文案了。

〔中譯〕上：強盜的女兒。下：想給孩子們看——林格倫的奇幻名作完全影像化！

GIVE & GIVE

這是日本電視台會長氏家齊一郎先生，晚年常說的一句話。他說：「這世間，一般想法還是Give & Take，這樣不行，必須是Give & Give。」我真的也是這麼認為。

終わらない人

宮崎駿

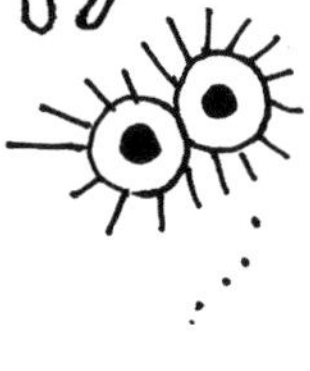

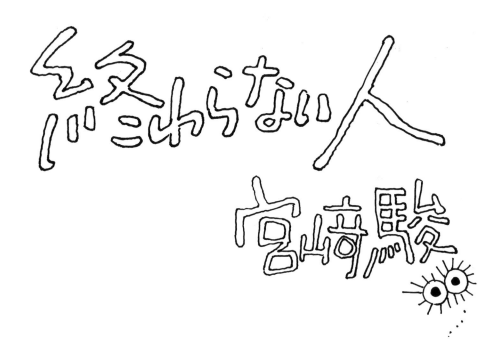

NHK的製作人荒川格先生，密集採訪宮崎駿前前後後長達十年。一度宣佈退隱的宮崎駿，要為吉卜力美術館製作短篇動畫《毛毛蟲波羅》時，他也再度進行採訪。當NHK決定要播放這部採訪特集時，他來找我說：「麻煩您寫標題LOGO。」我回他說：「我再想想。」他說：「請現在就寫。」執意不走。不過，他說了一句有趣的話：「最近，鈴木先生的毛筆字寫得太好了，感覺就像一般的毛筆字。這次可以幫我寫像崖上的波妞那樣的毛筆字嗎？」問清楚後，我知道他要的是空心字。那種字體我以前就常寫，已經很熟了。我說：「是這種字體吧？」用畫筆隨手寫幾個字給他看。他說：「啊，這個就行了。」說完直接帶走了。所以，製作時間只花了2分鐘。

後來，這部紀錄片作成了英文版。聽說標題是「NEVER-ENDING MAN」。我心想：「好隨便的標題啊。」但是，他說：「這樣很好。」所以我就照他說的寫了。因為是寫給海外，所以特別用毛筆寫。

〔中譯〕永不休止的人，宮崎駿。

人間はしばしば
希望にあざむかれるが、
絶望という事は
あり得ない。

この映画が、この国で、この時代に作られた事に大きな感謝を贈りたい。

這個宣傳文案，是寫給由庵野秀明擔任總導演拍攝的《正宗哥吉拉》。開頭是太宰治說的話。我是憑著記憶寫的，後來查了一下，發現正確文章如下。

——人類不可能會絕望。儘管人類經常被希望欺騙，但是，也同樣會被「絕望」這個觀念欺騙（摘自《潘朵拉的盒子》）。太宰治這位作家，真的很擅長這一類的表達。他的一字一句，都比故事有更深的涵意。

〔中譯〕儘管人類經常被希望欺騙，但不可能會絕望。這部電影能在這個國家、這個時代拍攝完成，我要致上最熱切的感謝。

太宰治いわく。
元気で行こう。絶望するな。
中世の日本を舞台に、三味線と折り紙を操る片目の日本少年の冒険譚！
この映画をアメリカ人が作った
というから二度驚く。
日本も捨てたモンじゃない！

在此，我又借用了《津輕》裡的一小節。這是動漫電影《酷寶：魔弦傳說》的宣傳廣告文案。

這個作品讓我大吃一驚。雖是美國電影，舞台卻是日本中世紀。而且，不是流行的CG，而是逐格動畫。日本動不動就萎靡不振，我寫的時候也注入了「大家提起精神向前邁進」的吶喊。

〔中譯〕太宰治曰：神采奕奕向前走，莫要絕望。以中世紀為舞台，撫弄三味線、摺紙的單眼日本少年的冒險故事——知道這部電影是美國人拍的，讓我再次感到驚訝。日本也仍不可小覷啊！

ひょーっ
じゅるり…
おやすみなさい
zz
りょうかい!
えっつん
はーい
わくわく
あー!!
おめでとう!!
でへへ
ゴクリ…
!?
スゥ…
ゴゴゴゴゴ〜
きこえません〜
は
よ
お
パァァァ…
BYE BYE
ビク…
ダダダッ

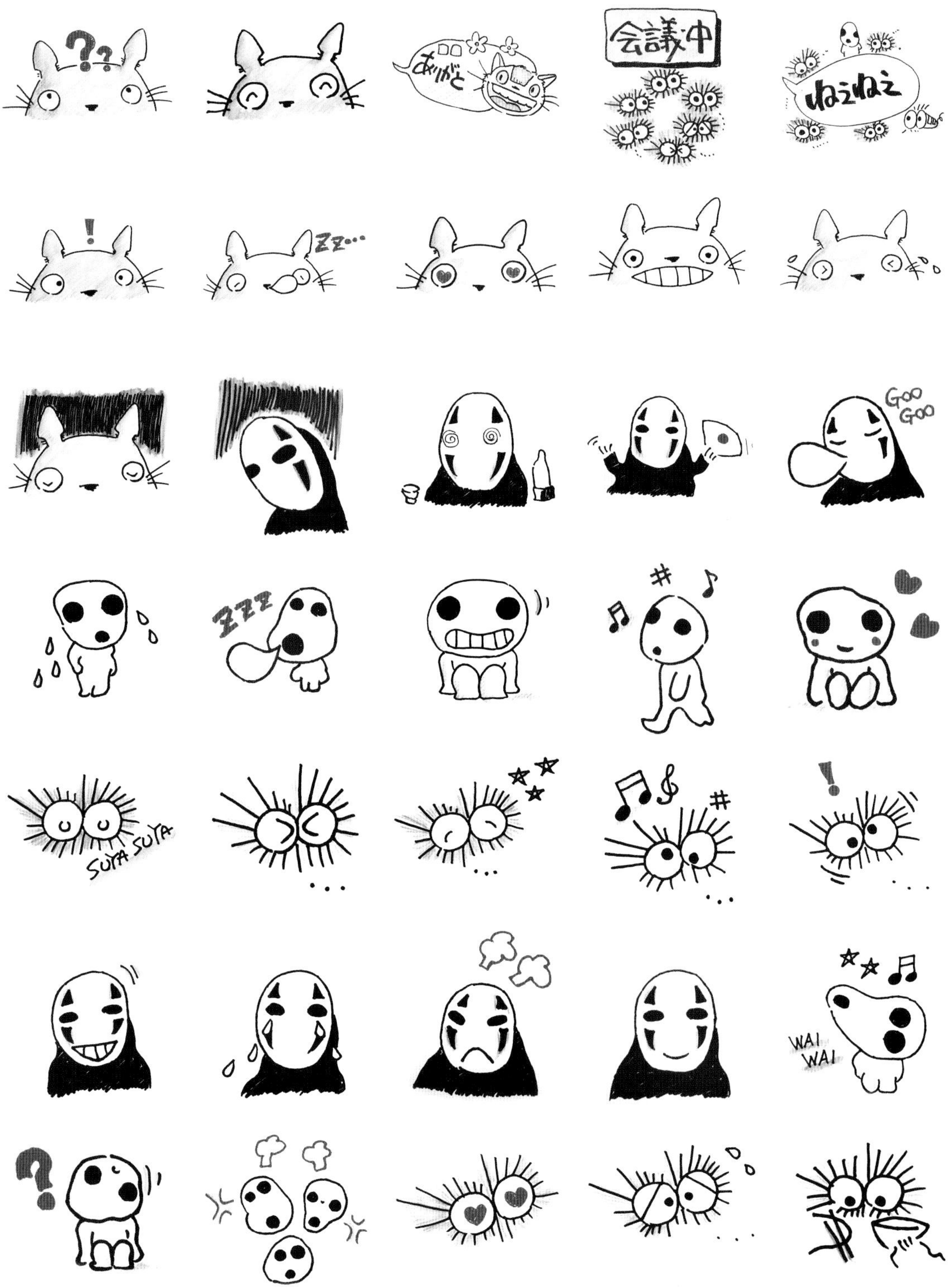

我個人覺得LINE的貼圖很方便，經常使用。吉卜力決定正式提供貼圖後，我邊向LINE的負責人請教讓使用者會想使用的訣竅，邊做出了這些圖。其中，「我聽不到」真的是很好的點子。數量多到不行，畫得好辛苦。

厳守

'78.10

4. 不懂就先擱置

四個半榻榻米的原始風貌

我父親是從事成衣製造販賣業，我小時候的住家也是工作場所。我父親喜歡漫畫，每個月都會買各種月刊雜誌回來看，在那個世代算是很少見。而且，都捨不得丟，全部陳列收藏在二樓的四個半榻榻米大的房間。

在這個有點特殊的環境下，我有幸很早就閱讀了月刊漫畫雜誌。當時暢銷的雜誌有《OMOSHIRO BOOK》、《少年》、《少年畫報》、《少年俱樂部》。我經常窩在四個半榻榻米的房間看到渾然忘我，但是，晚上看會被罵「對眼睛不好」，所以我都是一大早起來看。

當時的月刊雜誌，不是只有所謂的漫畫，也有附插畫的江戶川亂步的小說之類的文章，我也都看得津津有味。

現在回想起來，從某方面來說，那四個半榻榻米是造就了我的房間。

另一個樂趣，非電影莫屬。小時候，我每個禮拜都會跟父母去看電影。不過，我父母對電影的興趣正好相反。父親只看洋片，母親只看日片。所以，他們會輪流帶我去看洋片、日片。

大約小學三年級以後，我開始自己拿著五十圓銅板去看電影。禮拜六學校只上半天課，一下課我就直奔電影院，渡過幸福的短暫時光。

要說當時的英雄，絕對是片岡千惠藏。我會對《大菩薩嶺》產生興趣，也是因為片岡千惠藏主演的電影。片岡千惠藏扮演的機龍之助，散發著非比尋常的氛圍。我一直難以忘懷，所以大學時又看了那本書。

上：小學時做的月曆。
左：為週刊文春的〈家的履歷〉專欄而畫的格局圖。既是我從幼稚園到小學六年級的住家，也是從事成衣製造販賣業的父親的工作場所。

幼稚園から小6まで過ごした家

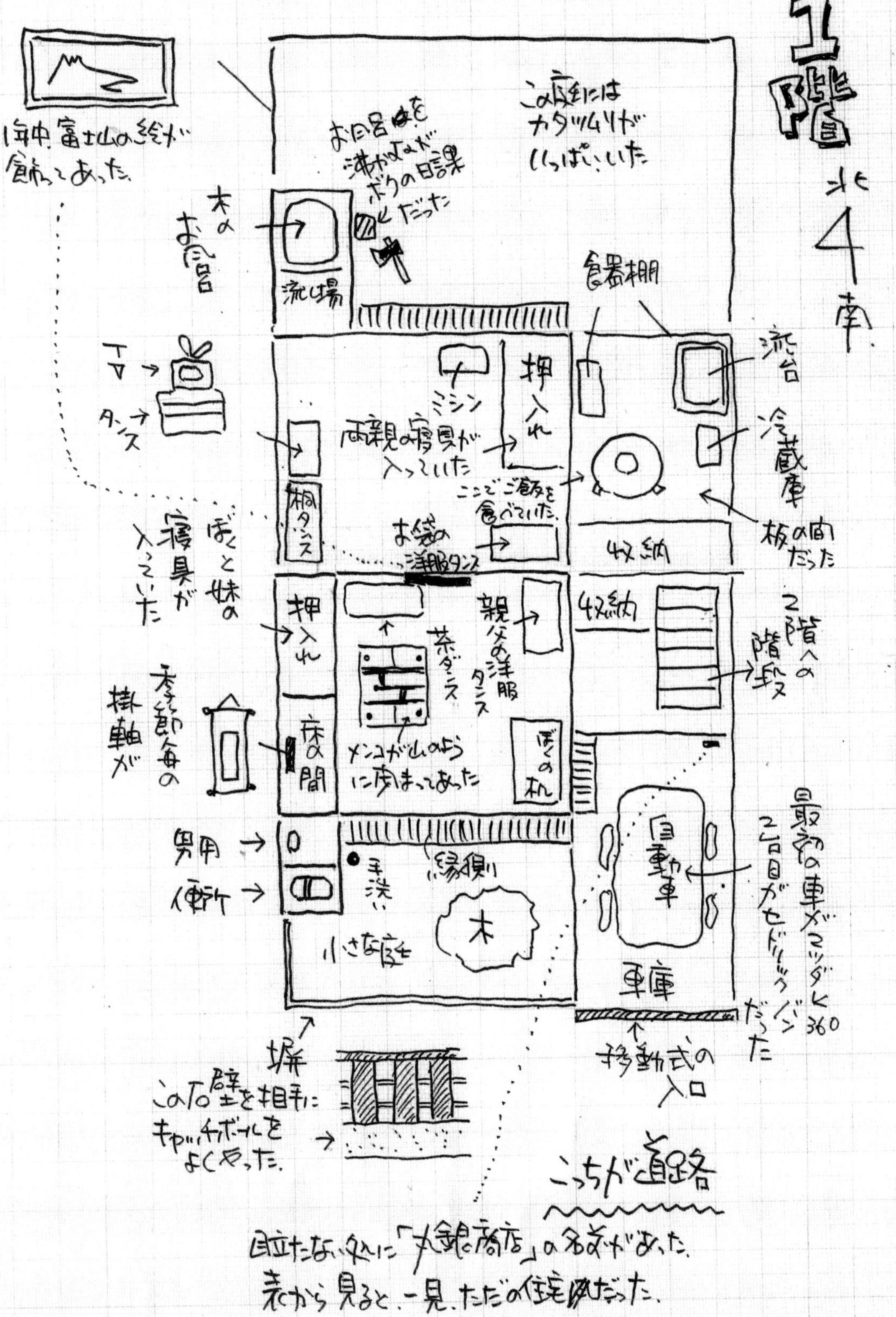
1階
北
南
一年中富士山の絵が
飾ってあった。
この庭には
カタツムリが
いっぱいいた
お風呂焚きを
沸かすのが
ボクの日課
だった
木の
お風呂
流し場
食器棚
流し台
冷蔵庫
板の間
だった
TV
タンス
ミシン
押入れ
両親の寝具が
入っていた
ここでご飯を
食べていた。
桐タンス
お袋の
洋服タンス
収納
ぼくと妹の
寝具が
入っていた
押入れ
親父の洋服
タンス
茶ダンス
メンコが山のよう
収納
2階への
階段
ぼくの
机
季節毎の
掛軸が
床の間
男用
便所
手洗い
縁側
木
小さな庭
自動車
最初の車がマツダK360
2台目がセドリックだった
車庫
移動式の
入口
塀
この石壁を相手に
キャッチボールを
よくやった。
こっちが道路
目立たない処に「大銀商店」の名前があった。
表から見ると、一見、ただの住宅風だった。

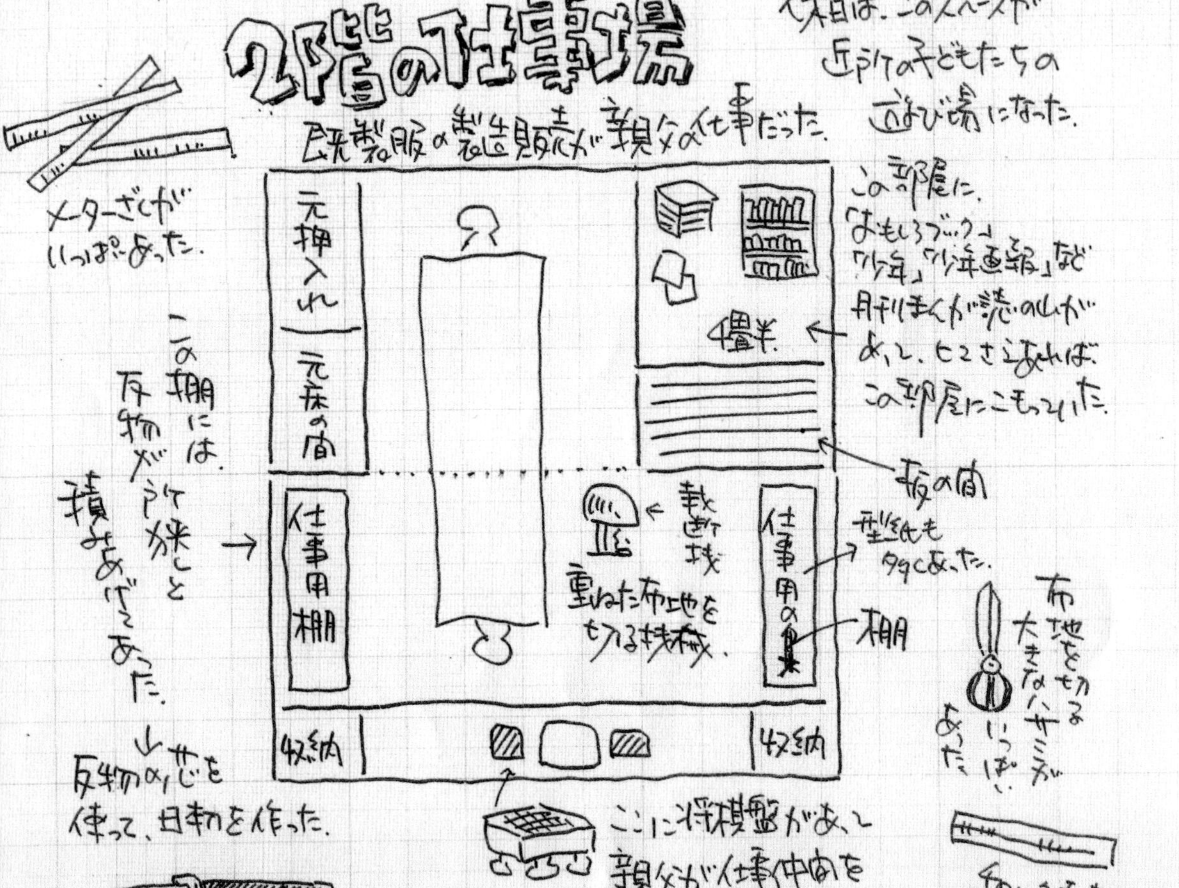
2階の仕事場
既製服の製造販売が親父の仕事だった。
休日は、このスペースが近所の子どもたちの遊び場になった。
メーターざしがいっぱいあった。
元押入れ
元床の間
この棚には反物が所狭しと積みあげてあった。
仕事用棚
収納
この部屋に「おもしろブック」「少年」「少年画報」など月刊まんが読みものがあって、ヒマさえあればこの部屋にこもっていた。
4畳半
板の間
裁断機
重ねた布地を切る機械。
仕事用の棚
型紙もたくさんあった。
棚
布地を切る大きなハサミがいっぱいあった。
収納
反物の芯を使って、日本刀を作った。
それをみんなに配った。
刃は、ピースの銀紙を貼りつけた。
ここに将棋盤があって親父が仕事仲間を相手によく将棋を打っていた。
チャックもあったし
ボタンもいっぱい。

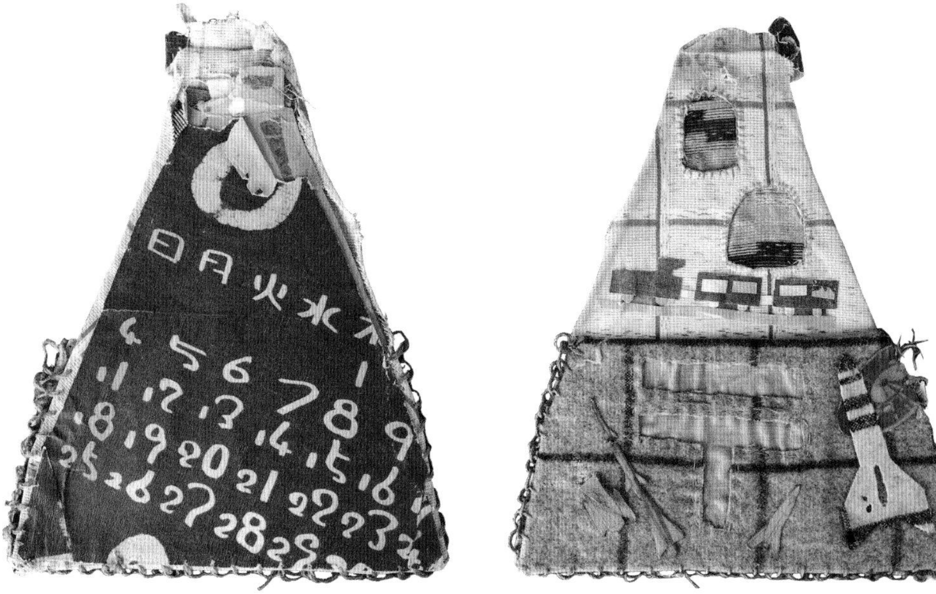

小學四年級或五年級時做的吊掛信件收納袋。我自己也很喜歡，一直收藏著。不但縫上了窗戶、郵政標誌、火箭等拼布，還在周圍刺繡。以小孩子來說，做得非常精緻。背面斜貼著月曆，應該是考量到設計的平衡感。
很久以後再看，發現月曆上的字跟我現在寫的字一模一樣。或許這些東西的製作，也都對我產生了影響。

臨摹與設計品味

另一個英雄，非《月光假面》莫屬。在全都是給大人看的電影、電視的世界裡，第一次出現了給小孩子看的英雄。

我們小學生全都著了迷，在學校聊的也都是月光假面的話題。但是，也因為月光假面，班上分成了兩派。一派是買周邊商品來炫耀的有錢人家的孩子，另一派是什麼都買不起的窮人家的孩子。我家在兩者之間。

有一次，我買了一張月光假面的畫，突然想到可以臨摹很多張，送給什麼也買不起的孩子們。結果，大家都很開心。

我去收過我的畫的孩子家玩，看到一個用來替代桌子的橘子紙箱，前面貼著我之前臨摹的月光假面的畫。看到那張畫，我不禁覺得坐立難安。當時，學校的老師會特別重視好人家出身的孩子，我雖然還是個孩子，也被迫意識到差別待遇和貧富差距。

說到臨摹，我也經常做的另一件事就是投稿到漫畫雜誌。當時，畫漫畫人物寄到編輯部，就能收到很多周邊商品。我很想要《少年偵探團》的徽章，所以畫了很多明智小五郎和怪盜二十面相的畫寄去。徽章多了，也會分送給其他孩子們。就這樣，多了很多嘍囉（笑）。

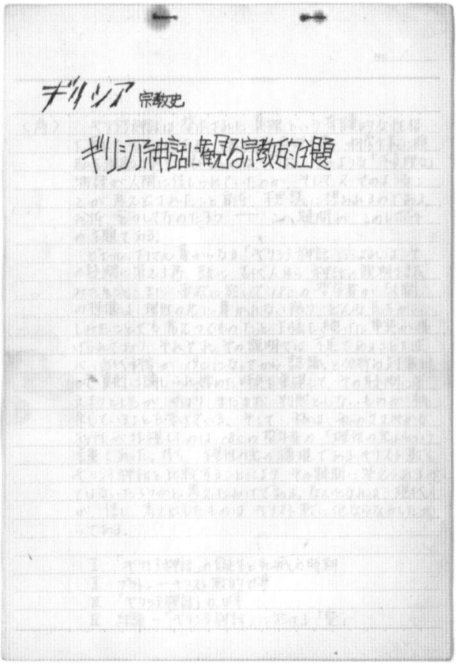

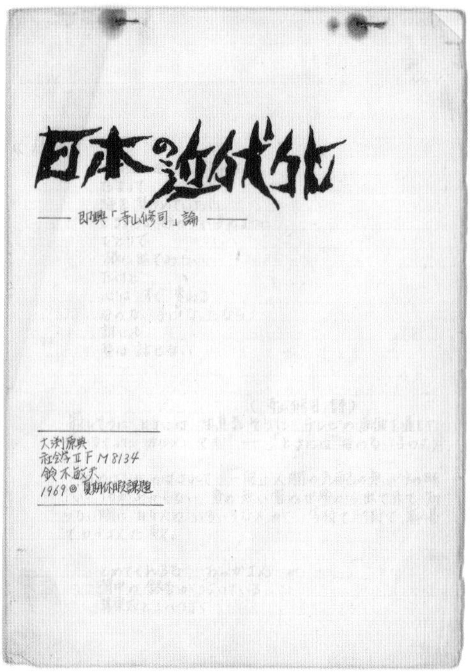

大學時寫的報告。看來，從這時候起我就很講究標題LOGO了。我自己都很驚訝。大學時我也經常趁打工時，順便幫朋友寫報告。

不只臨摹，聽說我從懵懂未知時就很喜歡畫畫。三、四歲時，看到當時很少見的速克達從家門前經過，馬上畫下來，讓奶奶大吃一驚。在我家，這件事成了永遠流傳的話題。

小學時，我經常參加比賽得獎，畫被展示在百貨公司。不可思議的是，我一點都不覺得那樣很厲害。記憶中，即使畫被展示出來，也很少去看。或許我純粹只是喜歡畫畫。

我父親也很喜歡畫，我家的壁龕上總是掛著畫軸。興致好的時候，他也會自己畫。走在路上時，看到什麼有趣的東西，他也會從口袋裡拿出筆記本，咻咻咻地畫起素描。可能是想當成衣服設計的參考吧。

或許是父母的傻氣吧，我覺得我女兒也很會畫畫，她小時候曾在「學展（譯註：日本學生油畫比賽。）」榮獲最優秀獎。附帶一提，我孫子也很會畫畫，這應該是血緣的關係吧。

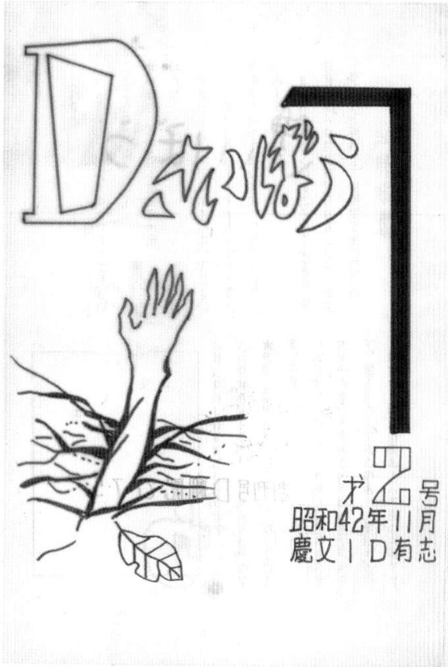

《D細胞》是大學時代製作的同人誌。那是還有那種文化殘渣的時代。當時的印刷是謄寫版。我最擅長刻鋼板。封面的LOGO和插畫是由我負責。超現實的圖案，可能是受到從小經常閱讀的杉浦茂漫畫的影響。

不懂就先擱置

我進入慶應義塾大學，是在1967年，發生羽田鬥爭那一年。從那年起到1969年，我的大學生活是在學生運動風暴中渡過。

學生運動的主題，不只「打倒70年安保」而已。每所大學有每所大學個別的主題。慶應是因為醫學院引進美軍資金作為研究費，而發起了「反對引進美軍資金鬥爭」。學生們依學系各自組織起來，最後搞到全校都被路障封鎖了。在這次的漩渦中，我被選為社會學系的會長。我對活動並不是特別熱衷，為什麼會變成這樣，我自己也不太明白。試著回憶當時的事，記憶也是一片空白。

倒是解除封鎖後的事，記得特別清楚。激戰過後，我們製作了總結鬥爭的小冊子。其中，我以會長的身分寫了兩篇稿子。

一篇是關於「二選一」。

——團體活動時，我們往往被要求二選一。然而，這件事並不容易。不論做哪個選擇，都不可能正確到100對0。於是，形成了多數決的結構。然而，這樣也不能說是完美。假如多數決的結果是51對49，就代表有一半的人反對。即便如此，領導者還是要帶領大家朝51的方向走。說實話，我感到非常煩惱。

我邊回想鬥爭過程，邊寫出自己思緒混亂的地方。其實，從那之後，我決定不要把我心中的「混亂」說出來。即使內心暗自思索「這件事應該是60對40吧」，也會明快地向大家說：「就這麼辦吧。」因為把既不是這樣也不是那樣的思考過程說出來，只會讓團體陷入混亂。相反，若領導者指出明確的方向，就會營造出「跟著這個人走吧」的氛圍。從擔任學生運動會長的經驗，我學到了這件事。

另一篇稿子的題目是「不懂就先擱置」。

——我們若試圖以現在進行式去掌握正在發生的事，會出現「懂」與「不懂」的事。倘若，努力去搞懂，還是完全不懂，這時候可以捨棄不懂的事嗎？不，不行，說不定那裡面才隱藏著重要的東西。對我們而言，鬥爭是什麼呢？即使現在不懂，總有懂的一天。所以，就先那樣擱置珍藏起來吧。

我記得我寫過這樣的東西。

舉例來說，我覺得閱讀也是這樣。閱讀時，難免會有不懂的地方。但是，隨著年紀增長，同一本書重看幾次，原本看不懂的地方會有突然看懂的時候。有了這樣的體驗，閱讀會越來越有趣。我覺得這個道理，也可以套用在電影、繪畫、所有藝術上。

宮崎駿這個人有趣的地方，就是會把自己不懂的東西，也直接放進電影裡。有的製作人可能會說：「我希望你能畫到讓觀眾更容易理解。」但是，我覺得還好，可以接受。即使看的人當場看不懂，以後也可能有看得懂的一天。我不想剝奪觀眾那種樂趣。

回想起來，這個想法的原點，就是學生運動的經驗。在煩躁中拚命寫出來的「二選一」、「不懂就先擱置」，後來一直是我的行動指針。

我會珍惜地保有在二選一中落選的49、及擱置現在的自己不懂的事，不斷向前邁進。

身處鬥爭之中，卻能做出那麼客觀的結論，這樣的我是什麼樣的人呢？唯獨這點至今都還是個謎。

從編輯到製作人都是1+1等於3的工作

大學時代我並不是從早到晚都在忙學生運動，經常看書，也會看電影。因為還是喜歡畫畫，所以，跟班上同學一起製作同人誌時，我會畫封面插畫。不只插畫，標題的圖案文字也是我自己寫的。由於這樣的經驗，在吉卜力寫電影標題時，也能水到渠成。

在雜誌《Animage》時代，也因為是比較視覺性的雜誌，我特別講求雜誌篇幅的版面設計。平時我會看很多雜誌，把設計不錯的篇幅收集起來，作成檔案。要製作自己負責的篇幅時，就拿來做參考，思考版面設計。我不只自己做，也讓編輯部的人都製作這樣的檔案。

我從以前就喜歡做「使用手冊」，我的小小自傲話題，就是《Animage》的文字使用規則一覽表（111~113頁）。剛進出版社，就有前輩教我文字使用和校正的方法，但是做法因人而異，也有很多例外。我覺得效率不彰，所以想到自己整理出統一的規則。把這份規則發出去，大家比較好做事，之後自己做校正也會比較輕鬆。是一石二鳥的點子。

不論工作或遊玩，基本上我都喜歡團體一起做什麼。當編輯時，對於以個人作業為主的單行本也沒什麼興趣，比較喜歡大家一起熱熱鬧鬧製作的雜誌。

電影工作也一樣。如果分清楚從哪到哪是A的工作、從這裡開始是B的工作，一定做不出好電影。要盡可能藉助許多人的力量，大家一起出主意。模糊界線，工作才會開心。

我們這個世代，原本就比較不會追求什麼個性。所以，我從來沒有堅持過所謂的「自我風格」。自己與他人之間的界線模糊，就某方面來說，是幸福的時代。

現在，大家都追求自我表現，為了想獲得肯定而煩惱。好複雜的時代。

我工作時不會只想做到1+1=2，會想做到1+1=3、1+1=10。只要集合大家的力量，就能完成超越個人幾百倍的工作——對我來說這才是理所當然的事。相反，對於一個人單獨完成什麼事，我總是有排斥感。

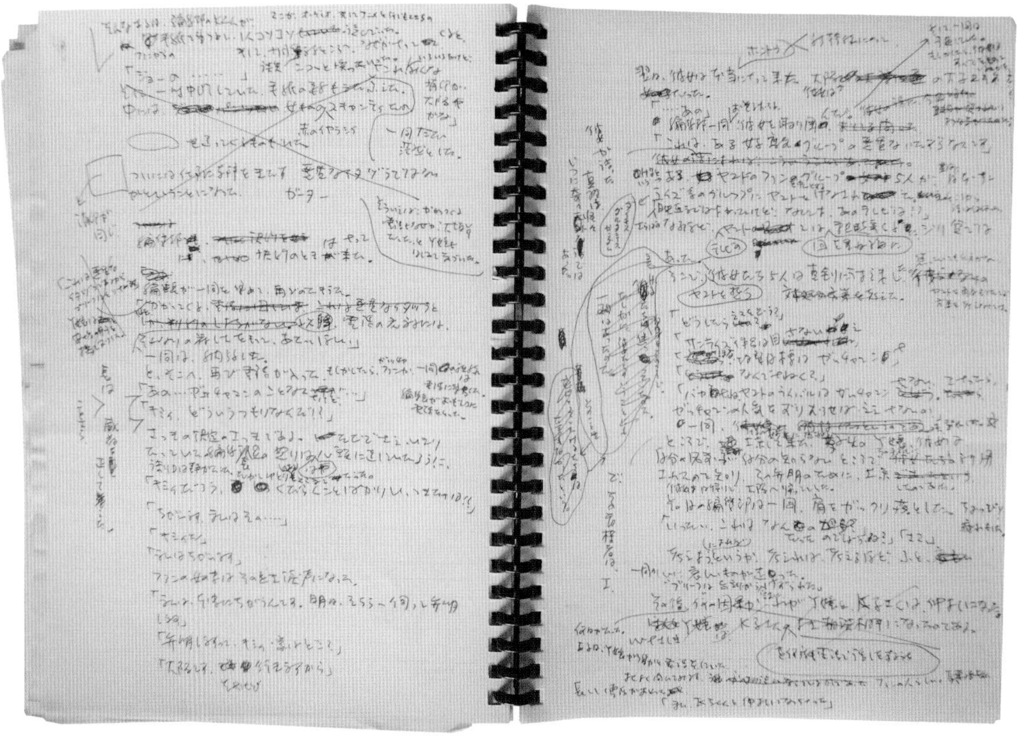

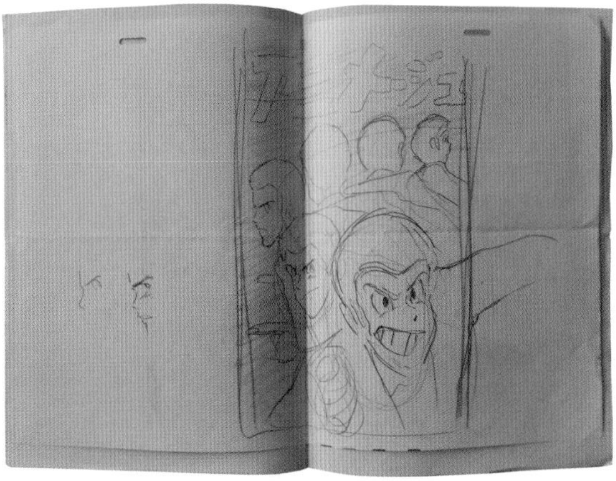

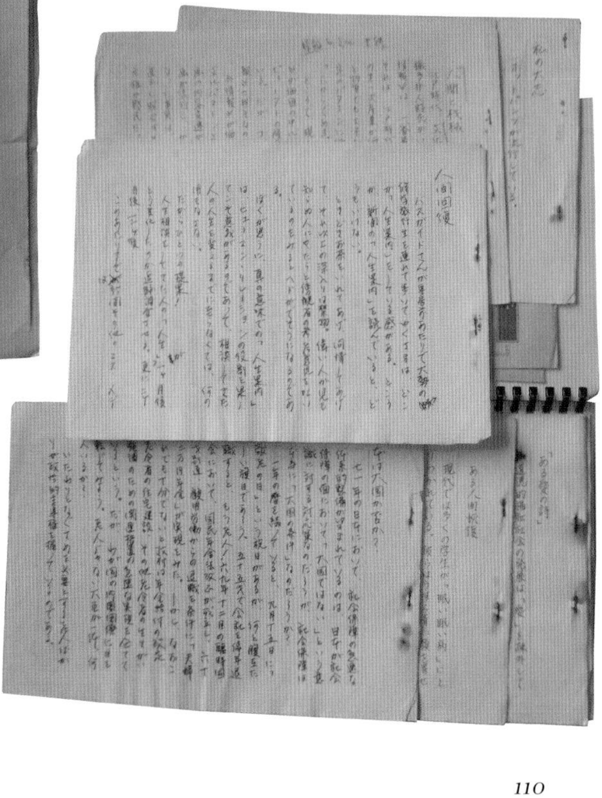

德間書店時代的筆記。製作《Animage》創刊號時的東西。
右下角是散文原稿。不知道是為什麼而寫的……可能是習作之類的東西。
魯邦的畫是《Animage》的封面草稿。應該是我去找動畫作家大塚康生先生討論事情時，請他畫的。

1 名詞は基本的に漢字使用、むずかしい漢字にはルビをふる。

2 送り仮名で迷うときは、動詞の活用形、または動詞の副詞化、形容詞化のなかで考える。

EX① 「はじる」は「恥じる」か「恥る」か!?
→「恥ずかしい」があるので答は「恥じる」

② 「むかう」は「向かう」か「向う」か!?
→「向け」があるので答は「向かう」

③ 「かわる」は「変わる」か「変る」か!?
→「変える」があるので「変わる」

④ 「おわる」は「終わる」か「終る」か!?
→「終える」があるので「終わる」

3 まちがえやすい送り仮名（新学習指導要領準処）

○短い　×短かい
○失う　×失なう
○行う　×行なう
○現れる　×現われる

○表す　×表わす
○懐しい　×懐かしい
○新しい　×新らしい
○少ない　×少い

○明かり　×明り
○締め切り　×締切
○問い合わせ　×問い合せ
○役割　×役割り

○当たる　×当る
○起きる　×起る
○生まれる　×生れる
○受付　×受け付け

※文章中は"受け付ける"

○落ちる　×落る
○後ろ　×後
○上がる　×上る
○幸せ　×幸（しあわせ）

○平ら（たいら）　×平
○幼い　×幼ない
○答え　×答

4 まちがいやすい漢字、及び2通りある場合は!?

○専門　×専問
○訪問　×訪門
○目　×眼
○出会い　×出合い
○司令官　×指令官

○年齢　×年令
○作詞　×作詩
○十分　×充分
○中味　×中身
○大幅　×大巾

○無気味　×不気味
○〇歳　×〇才
○近ずく　×近づく
○同士　△同志（[illegible]

5 まちがえやすい読み方、仮名づかい（新学習指導要領準拠）

地面　○じめん　×ぢめん
明日　○あす　みょうにち　×あした
鼻血　○はなぢ　×はなじ

通る　○とおる　×とうる
私　○わたくし　×わたし
○こんにちは　×こんにちわ

○ひとつずつ　×ひとつづつ
○つまずく　×つまづく
○しようがない　×しょうがない

6 数字は原則として算用数字を使用。
①一人、二人はひら仮名。3人以上は算用数字。
②十指、三世、一躍、三枚目、何百人、何千個など
名詞として使用するものは、漢数字。
③「一つ」「二つ」はひら仮名使用。
④万・億・兆・京は漢字使用。ただし「千」は
使用不可。EX 1万5000人。
⑤数字、2ケタまでは横組、3ケタ以上は縦組。
EX 1億26万3800人
⑥いちばん――実際のときは「1番」、「いちばん
すごい」はひら仮名使用。
7 動植物はすべて原則としてカタカナ使用。
8 "みる"の場合、実際にみるときは「見る」、「こころ
みる」はひら仮名使用。
9 体の各部分「頭・目・口・腕・足・胸・膝・背中・尻
……」など、すべて漢字使用。
10 ただし「アタマへ来た!」のように、本来の頭とは
少し、意味をちがえて使用する場合はカタ仮名。
11 色「青・赤・黄・黒・白…」など、すべて漢字。
12 「1か月」「1か年」など「か」はすべてひら仮名使用。
ソク音は絶対使用不可。

13 パーレン( )内の文字は必ず級数を1Q下げる。
14 「……」「……」がつながる場合、あいだの句点は不要。
ただし読点は必要。
15 ……、「……」の場合、……のあと(「の前)の句点は不要。
16 …… ―― など、原則として2字分使用。EX …… ―― つまり
……というわけで、
17 ……すね(笑)で、句読点を入れる場合、すね(笑)。
の位置に。
18 『……』(二重カギカッコ)は原則として「 」内のみに
使用。※読名は必ず『 』使用。
19 C・D、P・Dは原則として一番最初に出て来た
箇所に必ずルビをふって使用のこと。(O・P、E・D
も同じ)
20 文章中、♡(ハート)マーク使用禁止。
21 文章中の曜日のパーレンは縦使用。EX 6月6日(水)
ただし、ファンプラ・イベントニュース等は横パーレン使
用。
22 !(雨だ!)は基本的にあまり多く使用しない。
たとえば、ようやく世代交代! 新女王はM・O!!
のような場合、ようやく世代交代、新女王は
M・O! のような使い方を。

Animage With my Love　No. 5

23 ！(雨ダレ)？(クエッション)のあとは一字アキ。
24 写真・及びイラストのキャプションはすべて
不可欠。使用文字は10Q中ゴ。
25 作品タイトルはすべて『』(二重カギカッコ)。
26 「で文章がはじまる場合、一字アケズに
使用のこと。
27 人間の名まえなど、並列に何かを置く場
合、句点じゃなく中黒(・)を使用。
EX 尾形・鈴木・亀山・高橋……
仕上げ・動画・撮影……
外人の名まえはダブルハイフン(=)を使用。
EX ゲーリー=カーツ
28 漫画・まんがは原則としてカタ仮名の「マンガ」を使用。
29 あて字的意味合いを含む漢字は原則として
ひら仮名を使用。 EX 兎に角

Animage With my Love　No. 6

★原則として、以下の漢字はひらいてください。

あ 相手→あいて　兄貴→あにき　憧れ→あこがれ
の間に→のあいだに　面白い→おもしろい　上手い→うまい
お父(母)さん(兄)→おとうさん　言う→いう　今→いま
一杯→いっぱい　一体→いったい

か 君→きみ　…君→…くん　今日→きょう
昨日→きのう　下さい→ください　決して→けっして
の事も→のことも　の頃→のころ　言葉→ことば
具合い→ぐあい　結構→けっこう　厳しい→きびしい
細かい→こまかい　可愛い→かわいい　嫌い→きらい

さ 素晴しい→すばらしい　凄い→すごい　更に→さらに
好き→すき　全部→ぜんぶ　早速→さっそく
是非→ぜひ　全て→すべて　既に→すでに
実に→じつに　様々な→さまざまな

五、關於吉卜力的種々

自分がやっているのに
自分がやっているんじゃない。
プロデューサーという仕事。

僕はこうやって
映画を売って来た。

為描寫電影宣傳工作的書籍《吉卜力的夥伴們》的書腰而寫的。
〔中譯〕右頁：是自己在做，卻又不是自己在做，這就是製作人的工作。左頁：我就是這樣賣電影的。

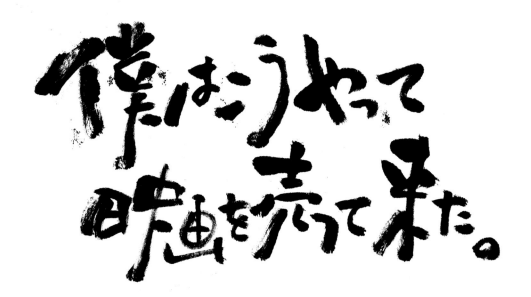

❶ 企劃書

我第一次參與電影製作的作品是《風之谷》。當時，我是《Animage》的編輯。因為看準會拍成電影，所以請宮崎駿在雜誌上連載漫畫。但是，對德間書店來說，動畫的製作也是第一次的經驗。為了讓公司通過企劃，我費盡了心思，拿著手寫的企劃書，用盡所有方法說服相關人員。最後請博報堂一起參與，才勉強通過了企劃。開始製作後，在製作人高畑勳的帶領下，我從零開始學習動漫電影的製作方法，內容從找工作人員、預算管理到進行製作。

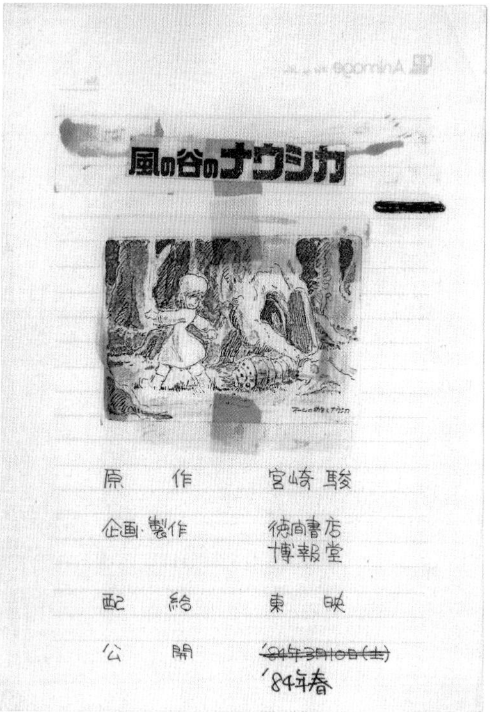
風の谷のナウシカ

原作	宮崎駿
企画・製作	徳間書店 博報堂
配給	東映
公開	~~'84年3月10日(土)~~ '84年春

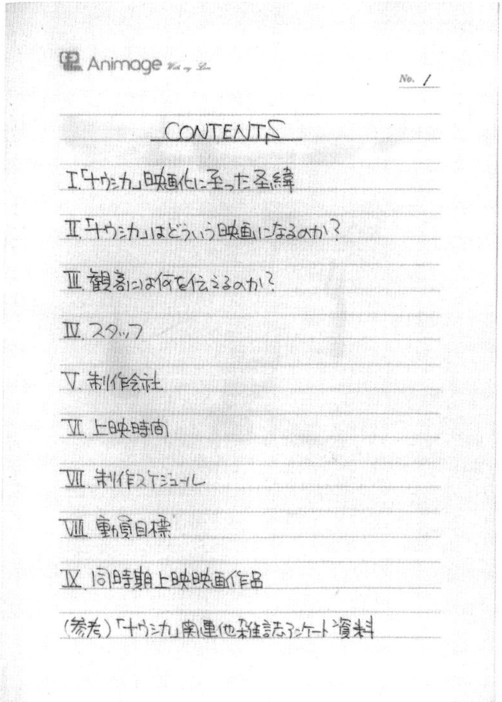
Animage No. 1

CONTENTS

Ⅰ.「ナウシカ」映画化に至った経緯
Ⅱ.「ナウシカ」はどういう映画になるのか?
Ⅲ.観客には何を伝えるのか?
Ⅳ.スタッフ
Ⅴ.制作会社
Ⅵ.上映時間
Ⅶ.制作スケジュール
Ⅷ.動員目標
Ⅸ.同時期上映映画作品
(参考)「ナウシカ」関連他雑誌アンケート資料

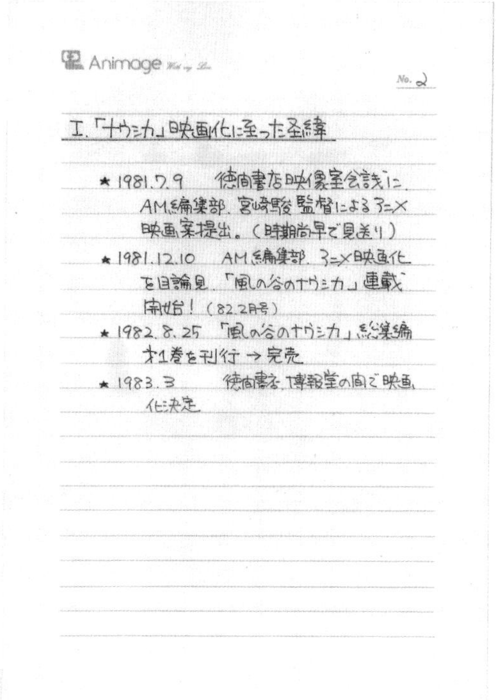
Animage No. 2

Ⅰ.「ナウシカ」映画化に至った経緯

★ 1981.7.9 徳間書店映像室会議に、AM編集部、宮崎駿監督によるアニメ映画案提出。(時期尚早で見送り)
★ 1981.12.10 AM編集部 アニメ映画化を目論見、「風の谷のナウシカ」連載開始!(82.2月号)
★ 1982.8.25 「風の谷のナウシカ」総集編オ1巻を刊行 → 完売
★ 1983.3 徳間書店、博報堂の間で映画化決定

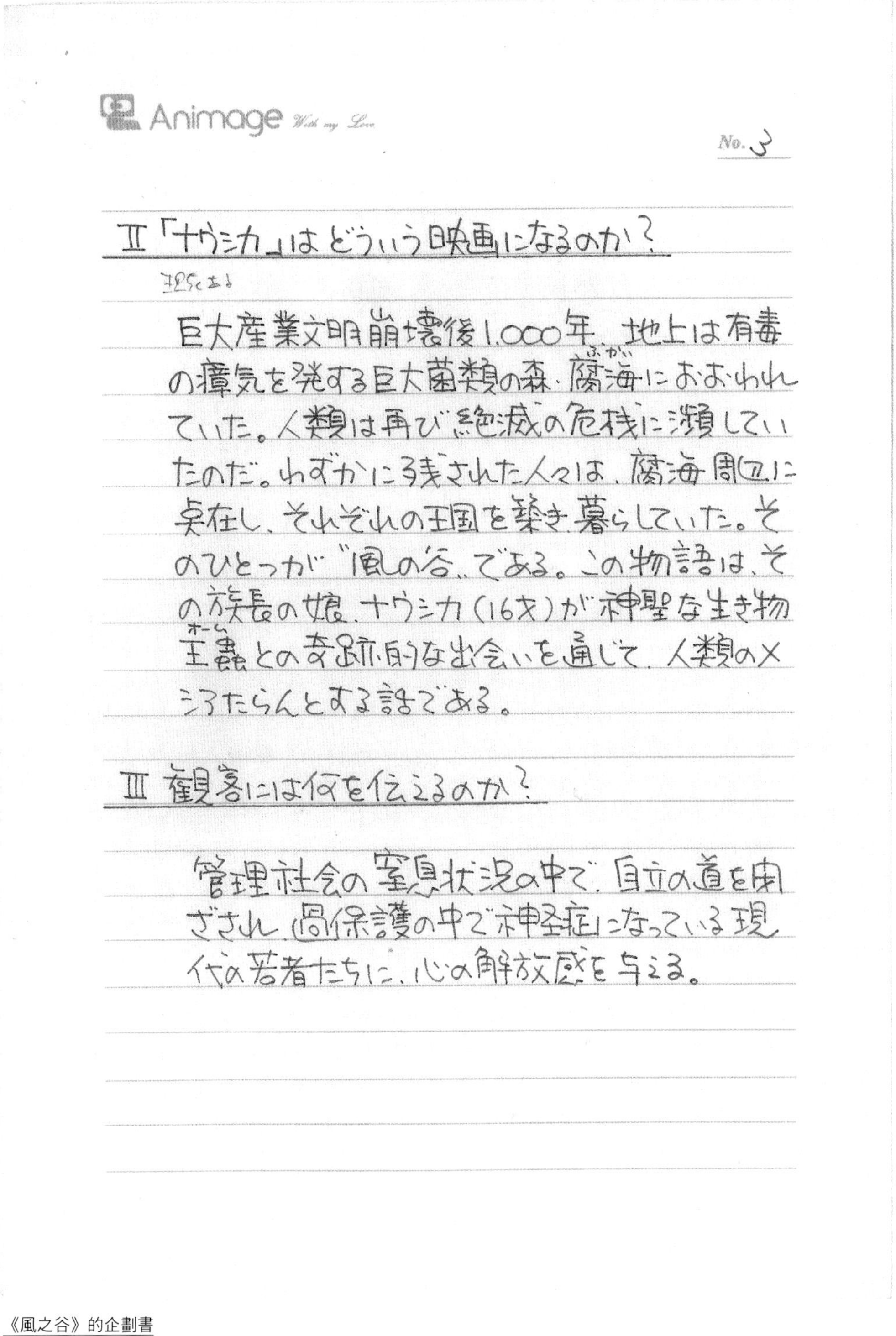

Animage With my Love

No. 3

II「ナウシカ」はどういう映画になるのか？

巨大産業文明崩壊後1,000年、地上は有毒の瘴気を発する巨大菌類の森・腐海(ふかい)におおわれていた。人類は再び絶滅の危機に瀕していたのだ。わずかに残された人々は、腐海周辺に点在し、それぞれの王国を築き暮らしていた。そのひとつが"風の谷"である。この物語は、その族長の娘、ナウシカ（16才）が神聖な生き物王蟲(オーム)との奇跡的な出会いを通じて、人類のメシアたらんとする話である。

III 観客には何を伝えるのか？

管理社会の窒息状況の中で、自立の道を閉ざされ、過保護の中で神経症になっている現代の若者たちに、心の解放感を与える。

《風之谷》的企劃書

企劃書中寫道：「在社會統治的窒息狀態中，自立的道路被關閉，年輕人在過度保護中罹患精神疾病，要讓這樣的現代年輕人的心靈得到解放。」這是宮崎駿經常掛在嘴上的話。至今，這個問題意識都沒有改變。

全体の秒数＆枚数

'91.1.21(月)

	小5篇	27才篇
'91.1.21現在 原画あがり	2.826"13k 27.321枚 9.67枚/秒	1.180"5k 13.184枚 11.17枚/秒
絵コンテ上の残秒数＆枚数	449"12k 原画あがりで増えるのが ⊕2.43% =460"10k 4.452枚	2.609" 原画あがりで増えるのが ⊕6.11% =2.768"10k 30.923枚
小計	3.286"23k 31.773枚	3.948"15k 44.107枚
作監あがりの微調整 ※作監CHECKの終ったものと原画あがりの比較	3.286"23k × 2782"(作監) / 2794"(原画) =3.272"21k 31.773枚 × 27.232枚(作監) / 26.969枚(原画) =32.083枚	3.948"15k × 1027"(作監) / 1046"(原画) =3.876"21k 44.107枚 × 11.563枚(作監) / 11.493枚(原画) =44.376枚
総計	76.459枚 (7.149"18k 119分10秒)	

《兒時的點點滴滴》工作預定表

製作《兒時的點點滴滴》時，在劇本完成階段，我就先念過一遍台詞，計算了整體的秒數。我還記得我把這件事告訴高畑先生時，他稱讚我說：「你是第一個為我做了這種事的製作人。」

❷ 工作流程

動畫電影需要張數龐大的圖畫。而且，吉卜力剛起步時又都是手畫，製作時間不像現在這麼充裕。所以，剩下的插畫數、必要的原畫、動畫的張數，都要定期計算、整理，是不可欠缺的工作。作成表格，一來是因為我自己想靠數字準確掌握狀況，二來是給大家看表格，一目瞭然，在工作現場也比較有說服力。

我從以前就喜歡做進度表，考大學時也經常做讀書的預定表。但實際上很難照表操作，所以每個月都會重做。後來才發現，我迷上的是製作預定表這件事（苦笑）。

基本量（推定）

115分（6900秒）
1250 cut
60枚×1250
=75,000枚

作業予定

絵コンテ ——— 1.8 〜 7.31
レイアウト ——— 2.20 〜 8.31
原画 ——— 3.20 〜 9.29
作監 ——— 4.6 〜 10.6
動画 ——— 4.16 〜 10.15
背景 ——— 3.20 〜 10.31
仕上 ——— 6.1 〜 11.10

	月間予定（週平均）	実績 3月	4月	5月				合計	予定の進捗／全体の進捗	備考
				5/7〜12	5/14〜19	5/21〜26	3週+α			
絵コンテ	16分26秒	★1〜2月 181cut 17分3秒 ★3〜5月 299cut 28分39秒						480cut 45分42秒 予定 82分10秒	39.7%	
レイアウト	180cut (45)	64cut	168cut	1cut	22cut	22cut	62cut	294cut 予定 615cut	23.5%	・4/28 27日遅れ 5/15 36 〃 5/28 41 〃
原画	180cut 12000枚 (45/3000)	— ●3月頭 4人 ●3月末 9人	46cut 2522枚 ●4月末 13人	27cut 1362枚	19cut 731枚	32cut 1,201枚	105cut 5056枚 ●5月末 16人	151cut 7578枚 予定 435cut	10.1%	・4/28 28日遅れ 5/15 32 〃 5/28 36 〃
作監 CHECK済	200cut 12,500枚 (50/3125)	—	38cut 1,316枚	21cut 788枚	16cut 644枚	19cut 846枚	73cut 3,180枚	111cut 4,496枚 予定 400cut	6.0%	・5月は1日平均3cut
動画	12,500枚 (3125)	—	456枚 ●4/16 6人	394枚	602枚	975枚	2,383枚 ●5/10 12人	2,839枚 予定 19,440枚	3.8%	・4/28 11日遅れ 5/15 20 〃 5/28 29 〃

1990.5.30(木)

基本量（推定）

115分（6900秒）
1250cut
60枚×1250
=75,000枚

・小5編／50枚
・27才編／70枚）と仮定

作業予定

絵コンテ ——— 1.8 〜 7.31
レイアウト ——— 2.20 〜 8.31
原画 ——— 3.20 〜 9.29
作監 ——— 4.6 〜 10.6
動画 ——— 4.16 〜 10.15
仕上 ——— 7.1 〜 11.30
背景 ——— 3.20 〜 10.31

1990.6.30(土)
現在

	月間予定（週平均）	実績 3月	4月	5月					6月					合計	予定の進捗／全体の進捗	「火垂る」比較 ●892cut 54,660枚 ●6.1作画イン ●数字は9月末 ●（ ）内は10月末	予定の進捗／全体の進捗	備考
				5/7〜12	5/14〜19	5/21〜26	5/28〜6/2	小計	6/4〜9	6/11〜16	6/18〜23	6/25〜30	小計					
絵コンテ	16分26秒	★1〜2月 181cut 17分3秒 ★3〜5月 299cut 28分39秒							★6月 155cut 14分42秒					635cut 60分25秒 予定 98分36秒	61.3% 52.5%	791cut 78分5秒 (832cut 83分38秒)	— 88.6%	（cut／秒数／平均）小5 458 2370 5.17"；27才 177 1255 7.09；計 635 3625 5.71
レイアウト	180cut (45)	64cut	168cut	1cut	22cut	22cut	13cut	58cut	14cut	19cut	2cut	44cut	79cut	369cut 予定 842cut	43.8% 29.5%	263cut (420cut)	— 29.5%	・4/28 27日遅れ 5/15 36日 〃 5/28 41日 〃 6/30 58日 〃
原画	180cut 12000枚 (45/3000)	— ●3月頭 4人 ●3月末 9人	57cut 3,101枚 ●4月末 13人	27cut 1,362枚	19cut 731枚	32cut 1,201枚	20cut 1,596枚 ●5月末 16人	98cut 4890枚	16cut 783枚	47cut 1,587枚	8cut 758枚	3cut 237枚	74cut 3,365枚	229cut 11,356枚 予定 655cut	35.0% 18.3%	172cut 10,845枚 (284cut 16,092枚)	— 19.8%	・4/28 28日遅れ 5/15 32日 〃 5/28 36日 〃 6/30 55日 〃
作監 CHECK済	200cut 12,500枚 (50/3125)	—	45cut 1,765枚	21cut 788枚	16cut 644枚	19cut 846枚	17cut 1,296枚	73cut 3,574枚	11cut 1,029枚	24cut 839枚	16cut 890枚	16cut 860枚	67cut 3,618枚	185cut 8,957枚 予定 551cut	33.6% 14.8%	127cut 8,687枚 (220cut 13,758枚)	— 15.9%	・5,6月は1日平均3cut 6/30 43日遅れ
動画	12,500枚 (3125)	—	541枚 ●4/16 6人	394枚 ●5/10 12人	602枚	975枚	347枚	2,318枚	12cut 559枚	13cut 763枚	9cut 469枚	17cut 1,310枚	51cut 3,101枚	124cut 5,960枚 予定 31,248枚	19.1% 7.9%	107cut 6,711枚 (179cut 11,802枚)	— 12.3%	・4/28 11日遅れ 5/15 20日 〃 5/28 29日 〃 6/30 50日 〃
仕上	15,000枚 (3750)	—	—	—	—	—	—	—	—	—	—	—	—	— 予定 —	— —	1,193枚 (7,191枚)	— 2.2%	・7/1より作業開始
背景	168cut (42)	— ●3/28スタート	★5/1〜5/26 102cut				28cut	—	49cut	25cut	9cut	46cut	129cut	259cut 予定 588cut	44% 20.7%	145cut (231cut)	— 16.3%	6/30 47日遅れ

'94.4.5(火)

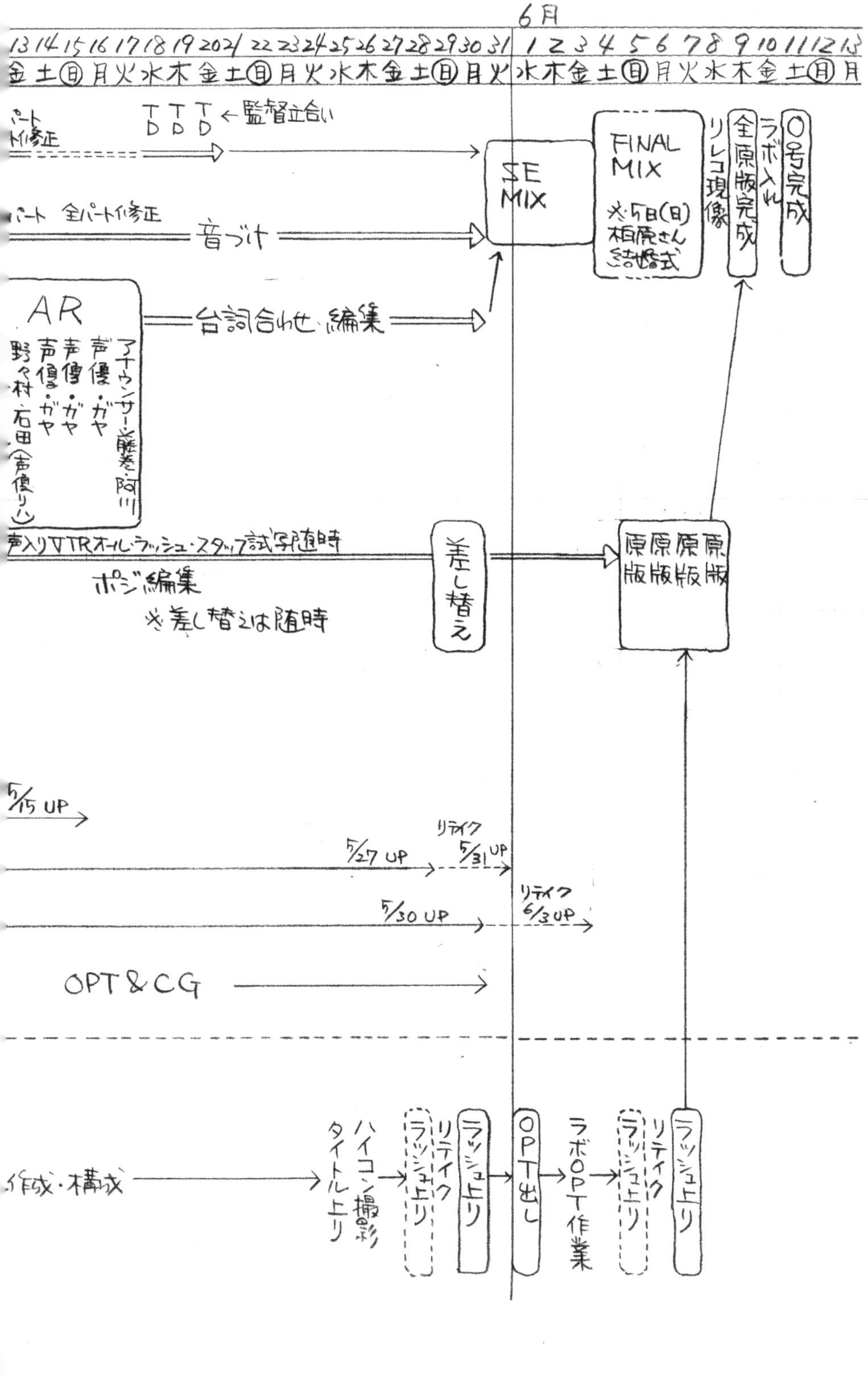
6月
13 14 15 16 17 18 19 20 21 22 23 24 25 26 27 28 29 30 31 1 2 3 4 5 6 7 8 9 10 11 12 13
金 土 日 月 火 水 木 金 土 日 月 火 水 木 金 土 日 月 火 水 木 金 土 日 月 火 水 木 金 土 日 月
パート修正
TD TD TD ← 監督立合い
パート 全パート修正
音づけ
SE MIX
FINAL MIX
※5日(日) 相原さん結婚式
リレコ現像
全原版完成
ラボ入れ
0号完成
AR
アナウンサー・熊巻・阿川
声優・ガヤ
声優・ガヤ
声優・ガヤ
野々村 石田(声優り人)
台詞合わせ 編集
声入りVTRオールラッシュ・スタッフ試写随時
ポジ編集
※差し替えは随時
差し替え
原版 原版 原版 原版
5/15 UP
5/27 UP
リテイク 5/31 UP
5/30 UP
リテイク 6/3 UP
OPT & CG
作成・構成
ハイコン撮影 タイトル上り
リテイク ラッシュ上り
ラッシュ上り
OPT出し
ラボOPT作業
リテイク ラッシュ上り
ラッシュ上り

「平成狸合戦ぽんぽこ」最終スケジュール第3稿

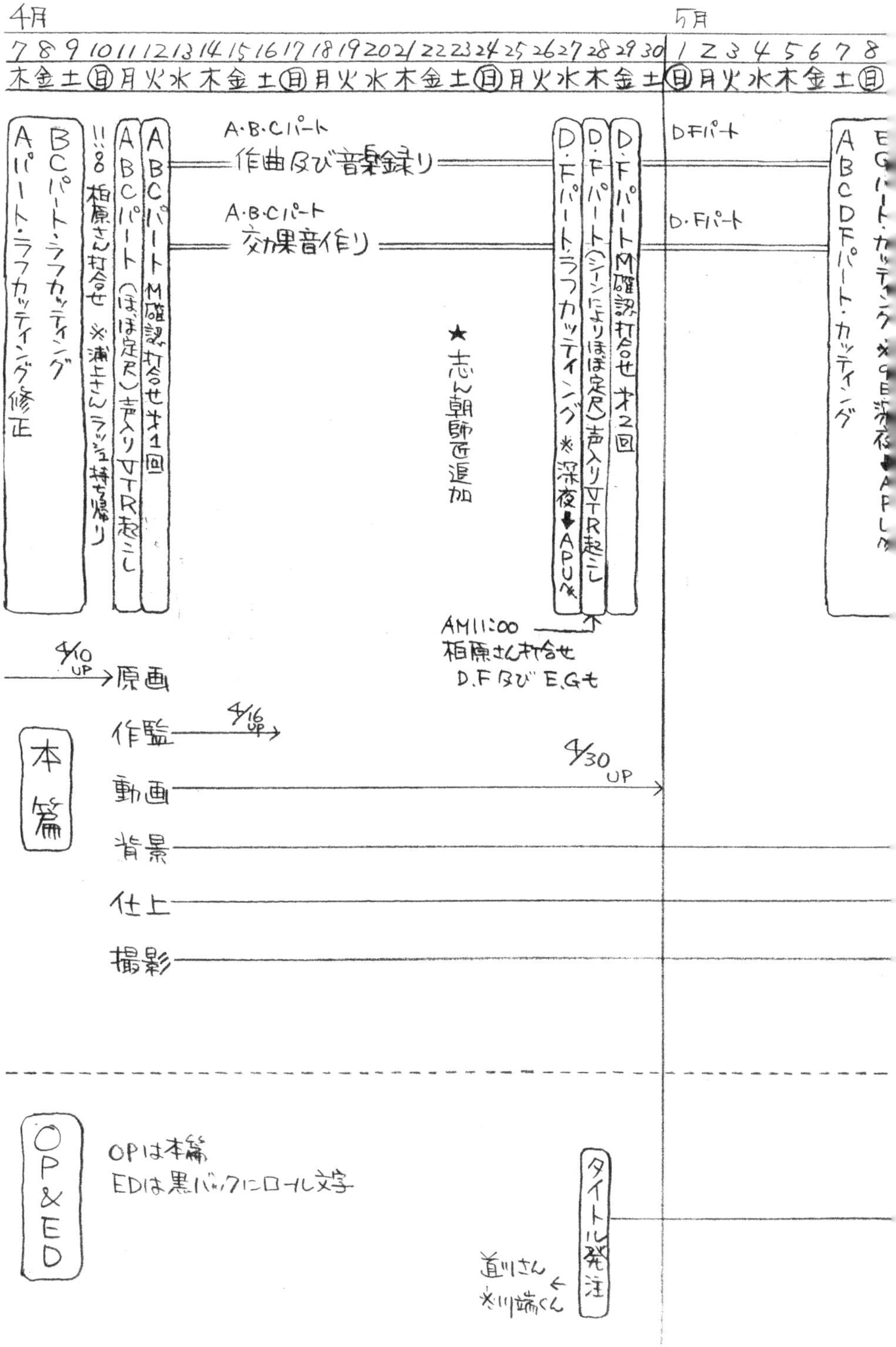
4月
7 8 9 10 11 12 13 14 15 16 17 18 19 20 21 22 23 24 25 26 27 28 29 30
木 金 土 日 月 火 水 木 金 土 日 月 火 水 木 金 土 日 月 火 水 木 金 土
5月
1 2 3 4 5 6 7 8
日 月 火 水 木 金 土 日
Aパート・ラフカッティング修正
BCパート・ラフカッティング
!!8 柏原さん打合せ ※浦上さんラッシュ持ち帰り
ABCパート（ほぼ定尺）声入りVTR起こし
ABCパートM確認打合せ第1回
A・B・Cパート
作曲及び音楽録り
A・B・Cパート
効果音作り
★志ん朝師匠追加
D・Fパート・ラフカッティング ※深夜↓APU〆
D・Fパート（シーンによりほぼ定尺）声入りVTR起こし
D・FパートM確認打合せ第2回
AM11:00
柏原さん打合せ
D.F及びE.Gも
DFパート
D・Fパート
ABCDFパート・カッティング
EGパート・カッティング ※9日深夜↓APL〆
4/10 UP
原画
本篇
作監
4/16 UP
4/30 UP
動画
背景
仕上
撮影
OP&ED
OPは本篇
EDは黒バックにロール文字
タイトル発注
道川さん
※川端くん

ローマ&テベレ川中流域山岳都市を訪ねて

ツアーの正式名称 → MIYAZAKI GRP. 日程表

9/16	日	成田	21:30 成田発 JAL419便・ローマ直行便 ローマ着は現地時間17日午前10:20
17	月	ローマ	BOSTON HOTEL泊 ← 18日の朝食付 VIA LOMBARDIA 47 TEL 473951
18	火	テベレ川中流域	オルヴィエート ボマルツォ カプラローラ カルカータ サン・オレステ他を回る予定 ① ホテルは現地調達 ② レンタ・カーはAVISに予約済み 機種/FIAT DUCATO AVIS REF ナンバー 14983597 IT6
19	水		
20	木		
21	金		
22	土		
23	日	ローマ	BOSTON HOTEL泊 } ローマ近郊、遺跡観光他
24	月	ローマ	BOSTON HOTEL泊
25	火	機中	17:00 ローマ発 アリタリア航空320便 19:00パリ着 20:10 パリ発 JAL406便にて「日本」へ
26	水	成田	14:55 成田着

日本の連絡先

・日本アジア航空広報部
池永 清

・日本航空文化事業センター
堀米 次雄

ローマの連絡先

・日本航空ローマ支店
長谷川さんか
佐久間さん

※気候は日本とほぼ同じ。但し、夜は冷えるそうなので、長袖の用意を。各自、上着とネクタイは持参しましょう(これ、海外旅行の常識)

9月16日(日)
集合場所&時間

成田空港
国際線**北**ウイング
日本航空カウンター前
19:15に集合
※

1990.9.7 鈴木、古林

03' 8/25　No.1

環境音

町中 ⇨ どこ…!?
自動車じゃない音　蒸気機関　内燃機関
煙突　蒸気自動車 ⇨ 音はしない。
空飛ぶ軍艦　ウァンウァン　ゴンゴン
羽ばたき機 ⇨ こくみもん
軍艦 ⇨ 19Cのsf　ジュルヴェルヌ　空気中から土中から電気をとる。
資料映像の羽ばたきの音が参考になる筈。
遠くの方 ⇨ 行進曲、ワルツ
舗石の音 → 乙女のときの音も困った!
声も響く ⇨ 石畳の町の特徴
東京 → 低周波音

こんなもんだな!

動く城

はりぼて/子どものおもちゃが基　ガッシャン、ゴッシャン
カラクリ細工　ガティンコ・ガタン
迫力はなく、滑稽感が欲しい。リズムがある筈。
ハタ織機　歩調 ⇨ グゥ～ウ
足は「ドスン」不要。　特殊のときは大迫力!

木製の床

靴をはいている。足音 ⇨ 材質感
木のドア、木のTable 木の床　キシミ → コンクリートとは違う。
車軸

空中散歩

ふるえている音　サッカ音　ピーン
耳障りじゃない方がよい。　美術館の資料映像（昔のSF）
ゆったりした飛び方。すべてが遅い飛び方。スピード感無し。

ゴム人間

擬音が少し。フニュ。ペトペト。ベチョベチョ。
↑登場
動きは擬態語。　料理は人によって違う。
少し漫画っぽさ欲しい。

❸ 宣傳

起初，我只對製作有興趣，但是，在製作《魔女宅急便》與《兒時的點點滴滴》時，我也花了力氣在宣傳的工作上。因為必須暢銷，工作室才能維持下去。

宣傳手法有很多種，例如報紙廣告、電視廣告、網路、與企業合作等。這三十年來，媒體的勢力分布圖也出現了大幅的改變。針對每部作品，找出適合時代的做法、思考如何組合效果最好，也是我的工作。從開始製作到上映前、上映後，廣告文案和視覺效果都會隨著時期不同而改變。在擬定宣傳計畫時，我經常會寫這樣的一覽表。

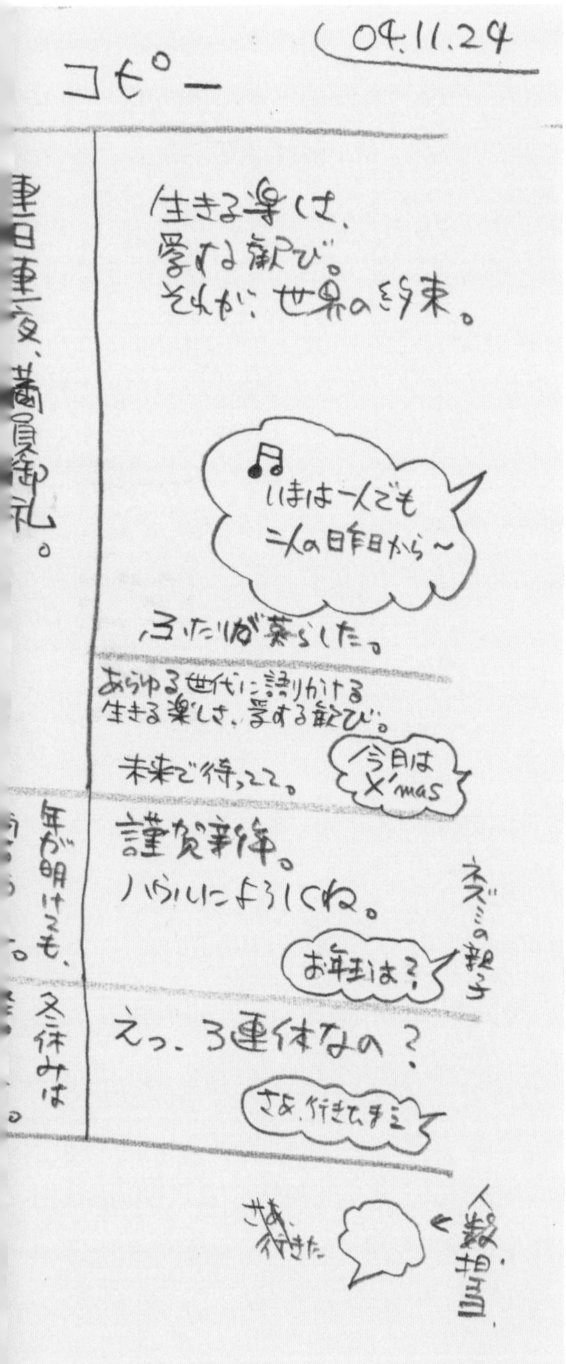

《霍爾的移動城堡》宣傳計畫

若是長期上映的作品，在上映後也會繼續宣傳。每個禮拜討論也很麻煩，所以，包括視覺效果、廣告文案在內，都是一次決定幾個禮拜份的宣傳。
這一次，因為宮崎希望「不要在宣傳中透露作品內容」，所以使用了「生活的快樂、愛人的喜悅，就是世界的約定」的抽象廣告文案。我記得是參考小津安二郎先生的電影廣告文案。

	TV SPOT	ETC	ハウス
12/3	キャラクター篇 12/3~10	千と千尋 カウントダウン 12/6~9	ハウス えなりくん 12/1~30
10	キャラクター篇	千と千尋 放映	
17	若いソフィー篇 12/18~31		
24	若いソフィー篇	特番＋ラピュタ	
1/4	ハウル篇 1/1~10		1/1~7 えなりくん
7		1/8.9.10 3連休	
14			

涙の少女ソフィー

S.62.2.5

	火垂るの墓	となりのトトロ
時代設定と場所	敗戦前後の焼土と化した神戸の町 ・野坂氏の原体験 ・闇市、焼け跡、空襲	昭和20年代末。まだ自然の一杯残っていた東京の郊外 ・宮崎駿氏の子ども時代 ・高度経済成長を迎える前 ・所沢（宮崎氏の現住所）
内容	清太と節子―― 焼け跡をふたりきりで生きて 蛍とともに天国に逝った おさない兄妹の物語 哀しくも切ない	太古の昔からずっと日本に住んでいた もののけ、トトロと 郊外の一軒家に引っ越して来た 小さな姉妹の一家の 幸せな。心暖まる物語
テーマ	いのちの尊厳	日本人と自然のかかわりあい
作り手	「ホルス」「ハイジ」「セロ弾きのゴーシュ」の高畑勲が野坂文学に挑む入魂の野心作	構想10年。「ナウシカ」「ラピュタ」の宮崎駿が追う夢のライフ・ワーク
気イ～になることば	・戦後文学の金字塔。幻の企画がついに完全映画化 ・野坂昭如の直木賞受賞作品 ・二度と飢えた子の顔を見たくない	・この国がまだ貧乏だったころ… ・雨の中に立っているふたり。となりはトトロ！
過去の名作をあえてあてはめてみると	ルネ・クレマンの 禁じられた遊び	スピルバーグの E.T.
その宣伝コピー	Ⓐ心暖まるヒューマニズムと激しい戦争への怒り！巨匠クレマンが世界の良心に訴えた名作 Ⓑだれがこの少女の幸福と希望を奪ったか？ 全篇に脈打つ激しい戦争への抗議とヒューマニズム！	遥か300万光年の彼方から。 未知なる地球へ… 彼は独りぼっちで 恐怖におののいていた
	映像詩	

《螢火蟲之墓》與《龍貓》對照表

這時候兩部電影同時上映，製片公司分別是新潮社與德間書店。因為兩邊都是出版社，所以，協調彼此意見時頗耗心力。為了維持共同的形象，我做了簡單明瞭的對照表。但是，這樣還是整合不起來，最後廣告文案交由糸井重里先生構思。

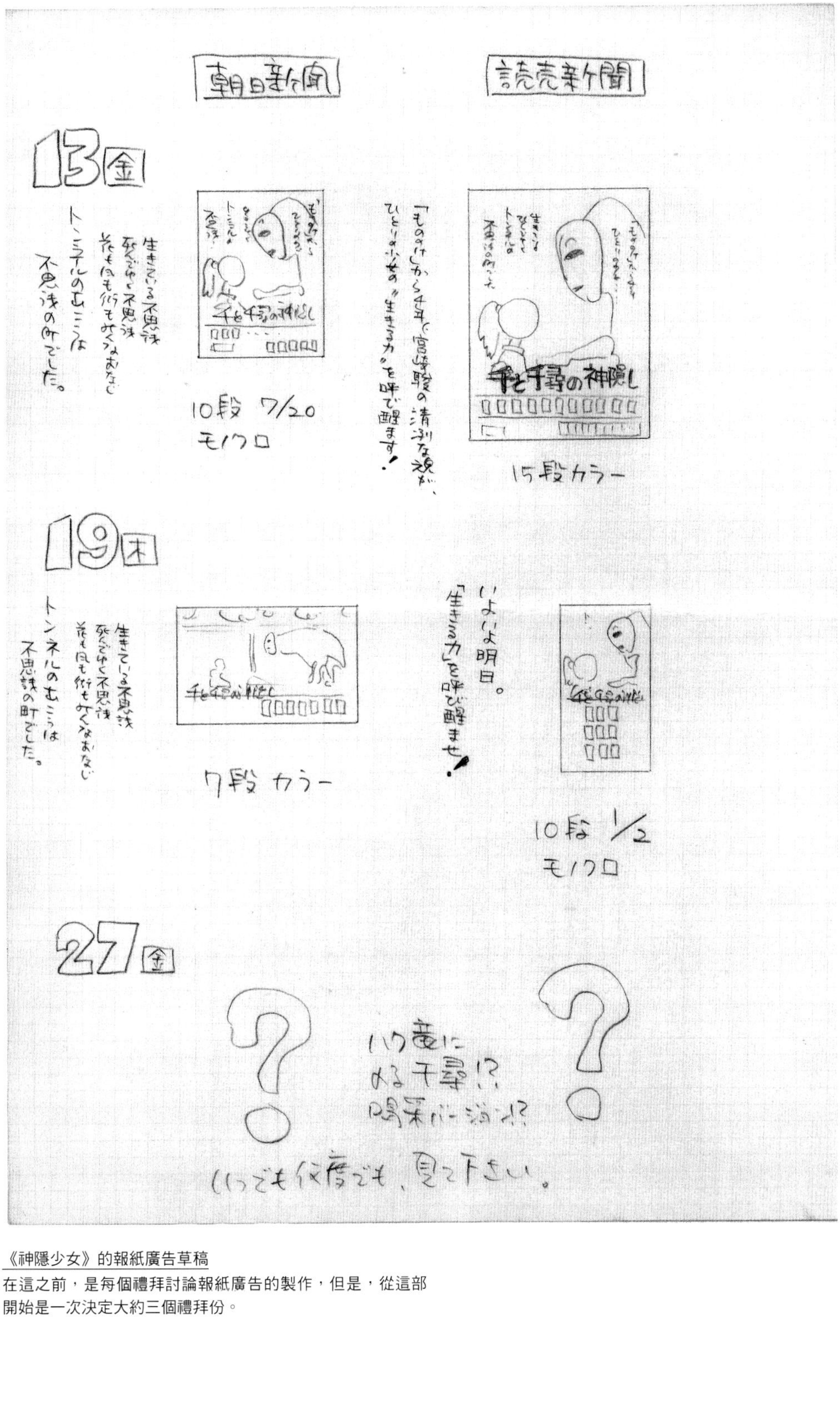

《神隱少女》的報紙廣告草稿

在這之前，是每個禮拜討論報紙廣告的製作，但是，從這部開始是一次決定大約三個禮拜份。

「姫」10の宣伝ポイント+α

(順不同だよ)

10万人+α　TOHOシネマズ・イオンetc etc
戦後最大の映画試写会実施!

「夢と狂気の王国」、かぐや姫公開の
1週間前に先行上映!
P/川上量生　D/砂田麻美

イオン・シネマでロビーでジブリ大会。
①「宮崎駿さん」のデビュー作「ユキの太陽」上映
②6分間の「プロローグ」特別上映　③ハイジ展(予定)

鈴木PD大活躍!「代最多のTV出演。
NHK+民放 合計視聴率、目指せ100%。

朝倉あき+二階堂和美の全国　くまなキャン
札幌、名古屋、大阪、福岡etc　くペーン!

宮崎駿の宣伝協力?

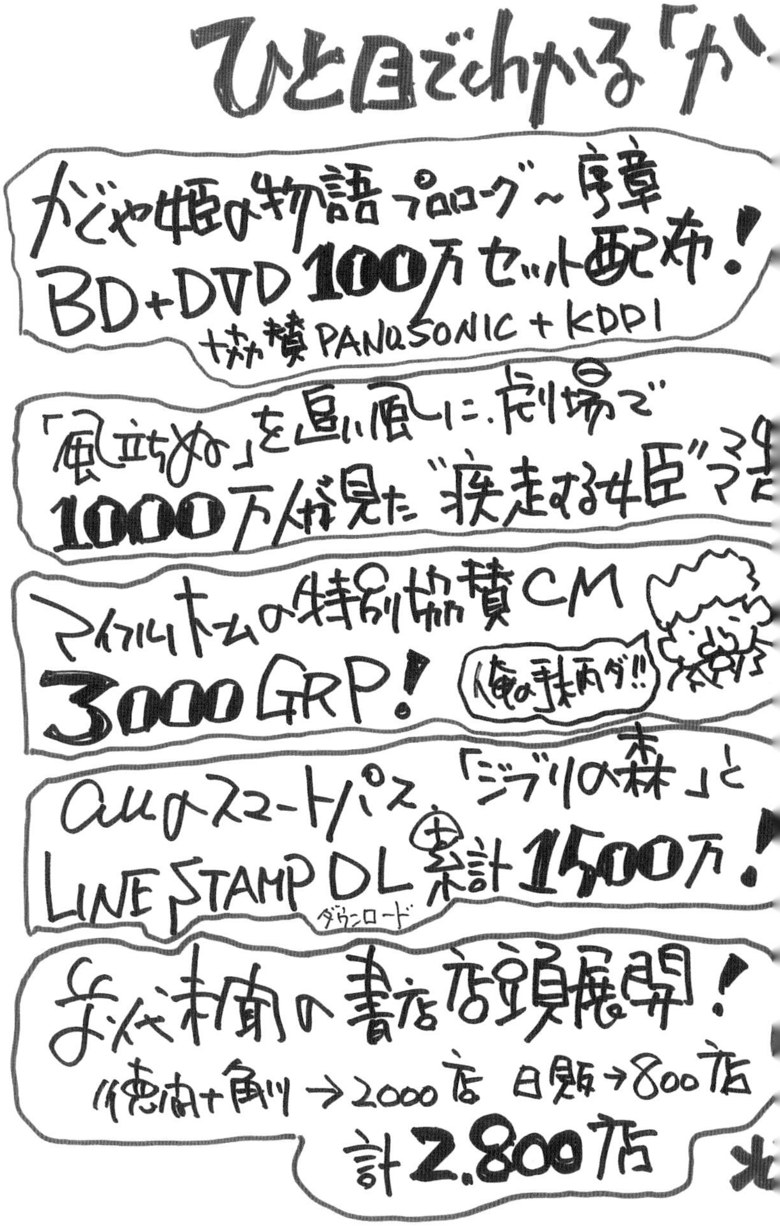
ひと目でわかる「か
かぐや姫の物語プロローグ～序章
BD+DVD 100万セット配布！
協賛 PANASONIC + KDDI
「風立ちぬ」を追い風に。劇場で
1000万人が見た"疾走する姫"
マイフルホームの特別協賛CM
3000 GRP！
俺の手柄ダ!!
auのスマートパス「ジブリの森」と
LINE STAMP DL 累計1500万！
ダウンロード
前代未聞の書店店頭展開！
徳間+角川→2000店 日販→800店
計2,800店

《輝耀姬物語》宣傳計畫

對於這部作品，相關人員傳出許多對宣傳與上映感到不安的聲音。於是，我試著把宣傳重點寫出來做彙整。我想以數字具體提示該做的事，大家就能安心地著手去做。這一類的東西，還是手寫比較有說服力。

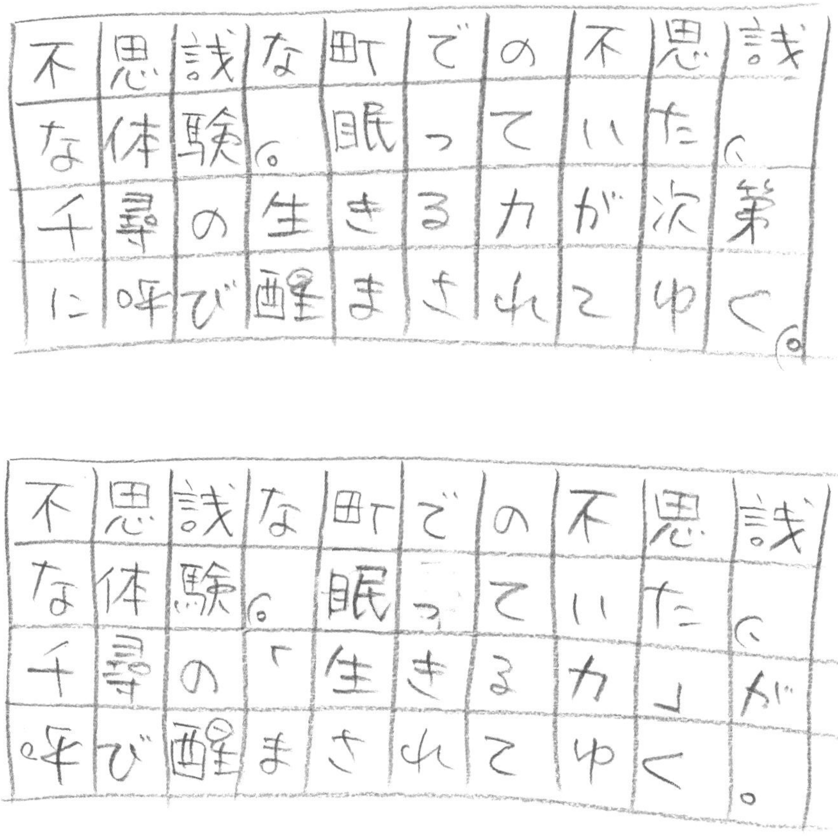

不思議な町での不思議な体験。眠っていた千尋の生きる力が次第に呼び醒まされてゆく。
不思議な町での不思議な体験。眠っていた千尋の「生きる力」が呼び醒まされてゆく。

《神隱少女》的廣告正文

❹ 廣告文案

吉卜力的廣告標語，自從《螢火蟲之墓》與《龍貓》以來，幾乎都是請糸井重里先生構思。有毫不費力就定案的標語，例如《兒時的點點滴滴》的「我和我一起旅行」這樣的標語，也有經過幾十次的傳真往返，好不容易才定案的標語，例如《魔法公主》的「活下去」。

至於宣傳手冊或預告篇所使用的長篇廣告正文，基本上是我自己寫。通常，電影的廣告文案，大多是由電影發行公司的宣傳人員製作。不過，製作人一直待在導演身旁，是最了解作品的人，尤其我又是編輯出身，所以，把廣告文案也當成了自己的工作。

ぼくは、あの年の夏、
母の育った古い屋敷で
一週間だけ過ごした

そこでぼくは、
母の言っていた小人の少女に
出会った――

人間に見られてはいけない
それが床下の小人たちの掟だった

《借物少女艾莉緹》的廣告正文

製作「艾莉緹」的時候，東寶的宣傳製作人伊勢伸平先生說：「預告篇的廣告文案也使用鈴木先生的字吧。」所以使用了這份手寫文字。

母が生きていたら、あの時頭を下げていたら……

敗戦の焼土の中に放り出された幼い兄妹に
―生きのびるチャンスはなかったのか

あなたは清太のように生きられますか

戦争を体験して下さい

人間の尊厳を守るために
この映画の全てを捧げます

火垂るの墓

見せて下さい
あなたの命の輝きを
考えてみて下さい
現在のあなたを！
今、あなたの
兄もとは、確かですか。

ホタルと一緒に天国へ行き
戦火の中で兄妹は生き抜いた
自らの生き方を全うするために

《螢火蟲之墓》廣告文案提案

討論時，很多人提出了廣告文案的提案，這些應該是我做的筆記。

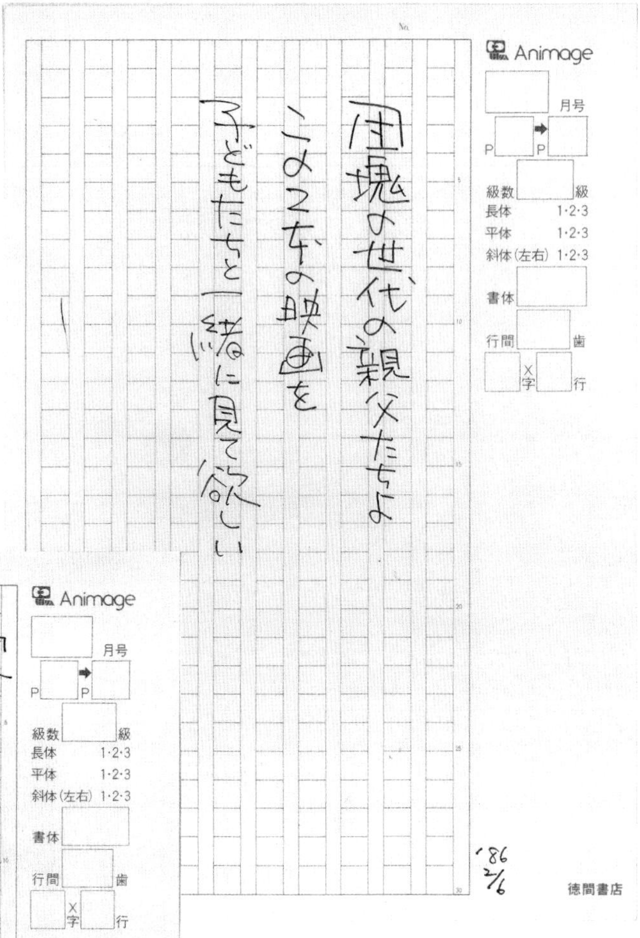

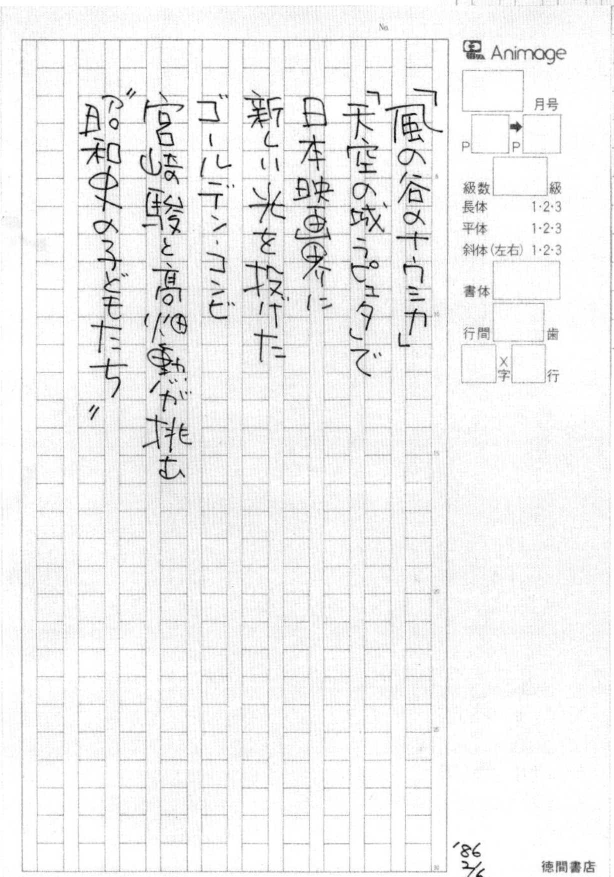

《螢火蟲之墓》、《龍貓》廣告文案提案

這些是為兩個作品架起橋樑的廣告文案提案。最後決定採用系井先生寫的「為您獻上被我們遺忘的故事」。附帶一提，這是我在《Animage》時，特別設計訂製的付印專用稿紙。

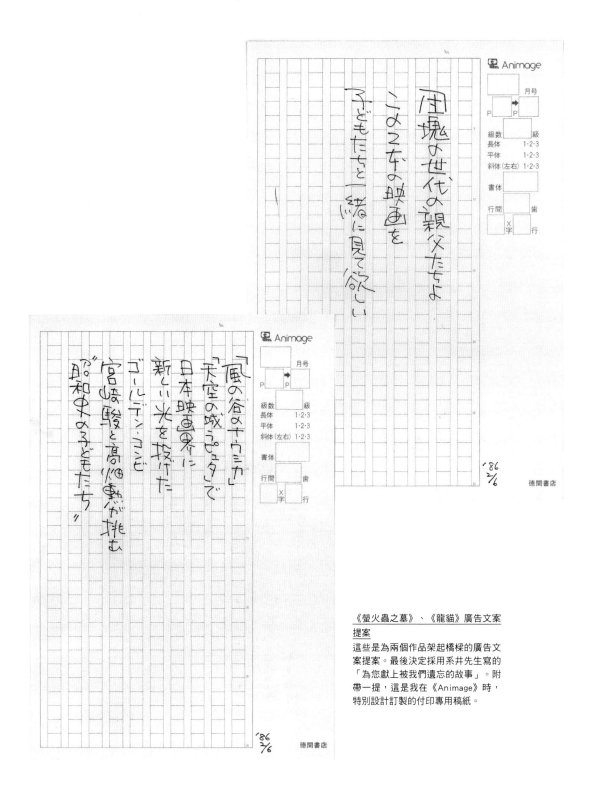

No.

Animage

月号

P　P

級数　級

長体　1·2·3

平体　1·2·3

斜体（左右）　1·2·3

書体

行間　歯

字　行

歴史の中に忘れたもの—。

'86 2/6

徳間書店

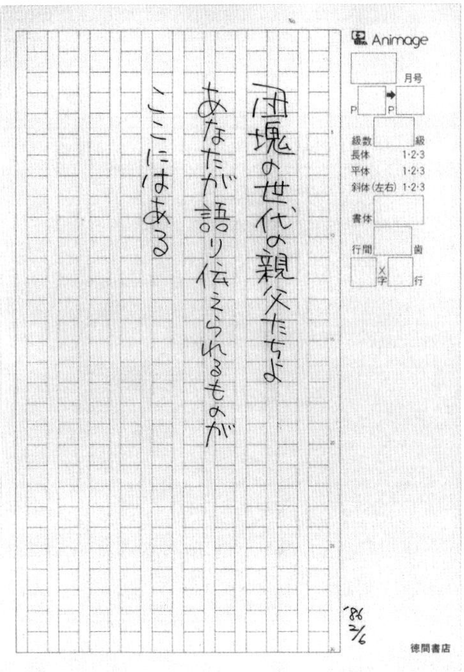
Animage
月号
級数 級
長体 1·2·3
平体 1·2·3
斜体(左右) 1·2·3
書体
行間 歯
X字 行
団塊の世代の親父たちよ
あなたが語り伝えられるものが
ここにはある
'86 2/6
徳間書店

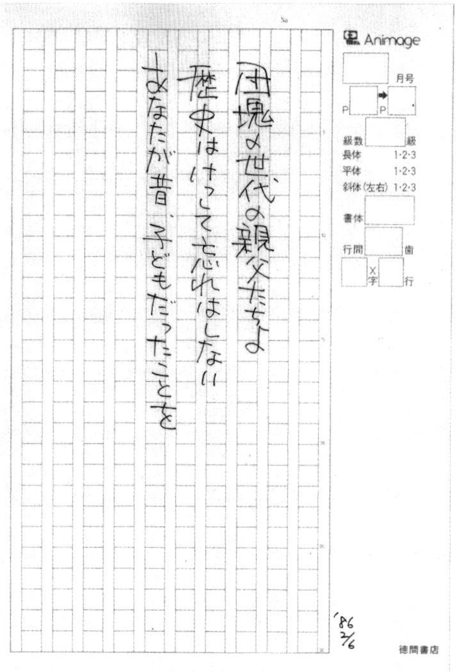
Animage
月号
級数 級
長体 1·2·3
平体 1·2·3
斜体(左右) 1·2·3
書体
行間 歯
X字 行
団塊の世代の親父たちよ
歴史はけっして忘れはしない
あなたが昔、子どもだったことを
'86 2/6
徳間書店

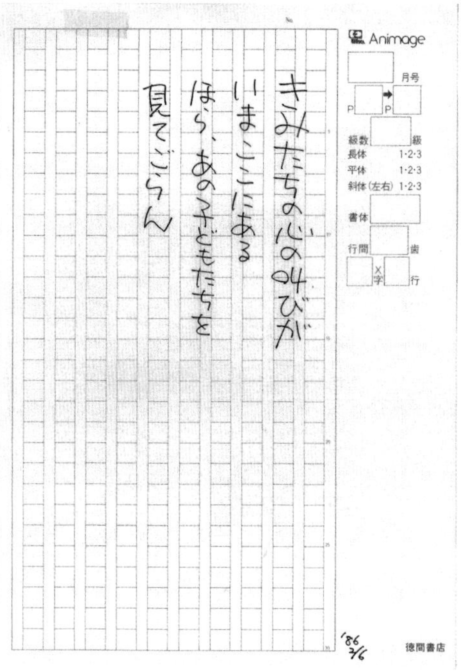
Animage
月号
級数 級
長体 1·2·3
平体 1·2·3
斜体(左右) 1·2·3
書体
行間 歯
X字 行
きみたちの心の叫びが
いまここにある
ほら、あの子どもたちを
見てごらん
'86 2/6
徳間書店

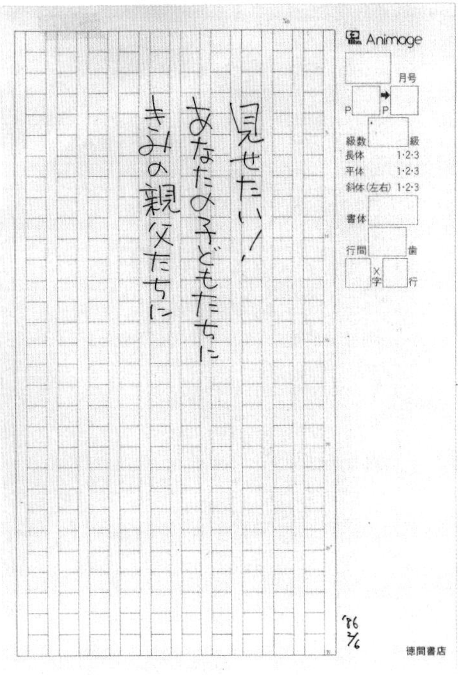
Animage
月号
級数 級
長体 1·2·3
平体 1·2·3
斜体(左右) 1·2·3
書体
行間 歯
X字 行
見せたい!
あなたの子どもたちに
きみの親父たちに
'86 2/6
徳間書店

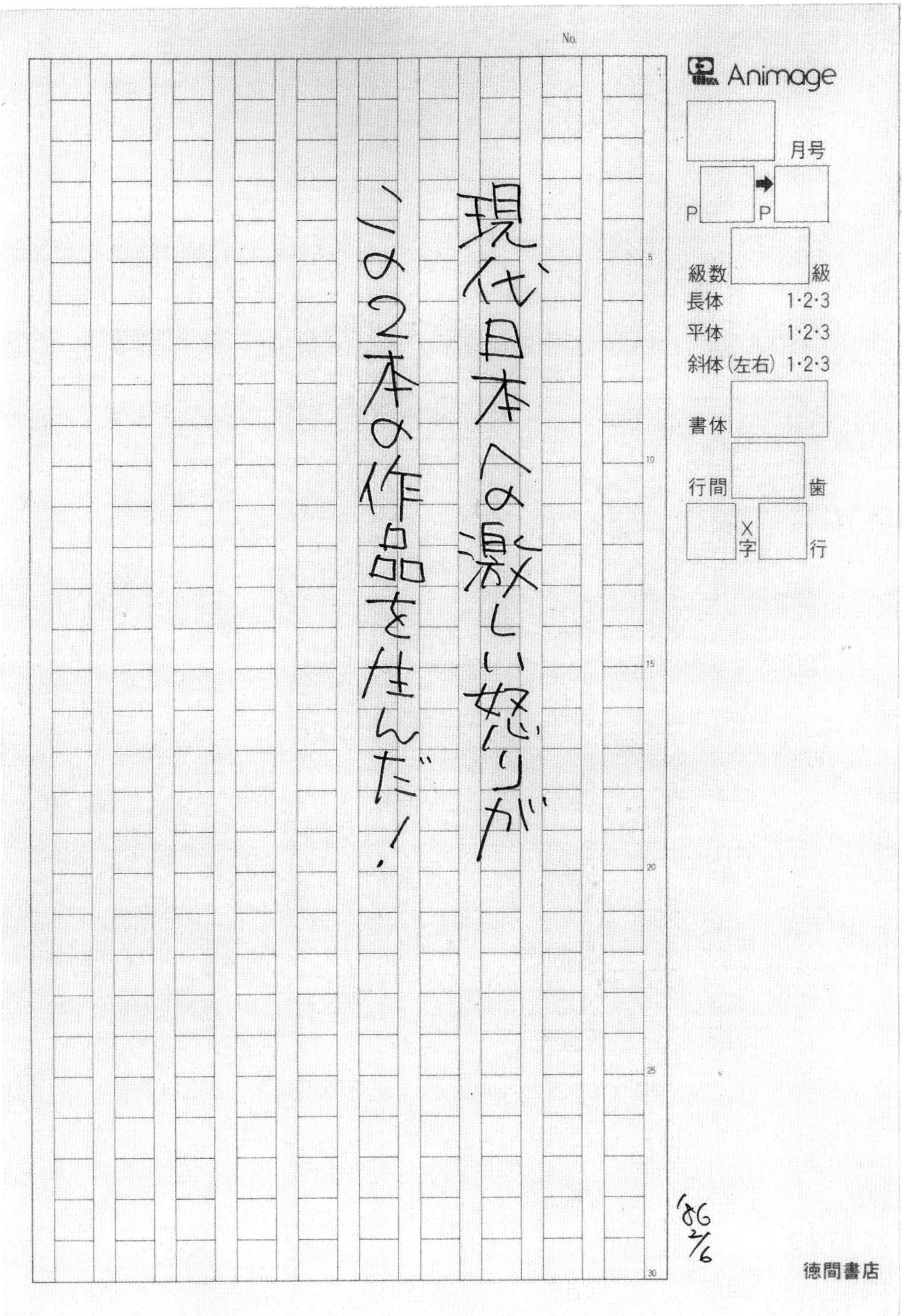
現代日本への激しい怒りが
この2本の作品を生んだ！

'86 2/6

No.

Animage

月号

P P

級数 級
長体 1·2·3
平体 1·2·3
斜体（左右） 1·2·3
書体
行間 歯
字 X 行

徳間書店

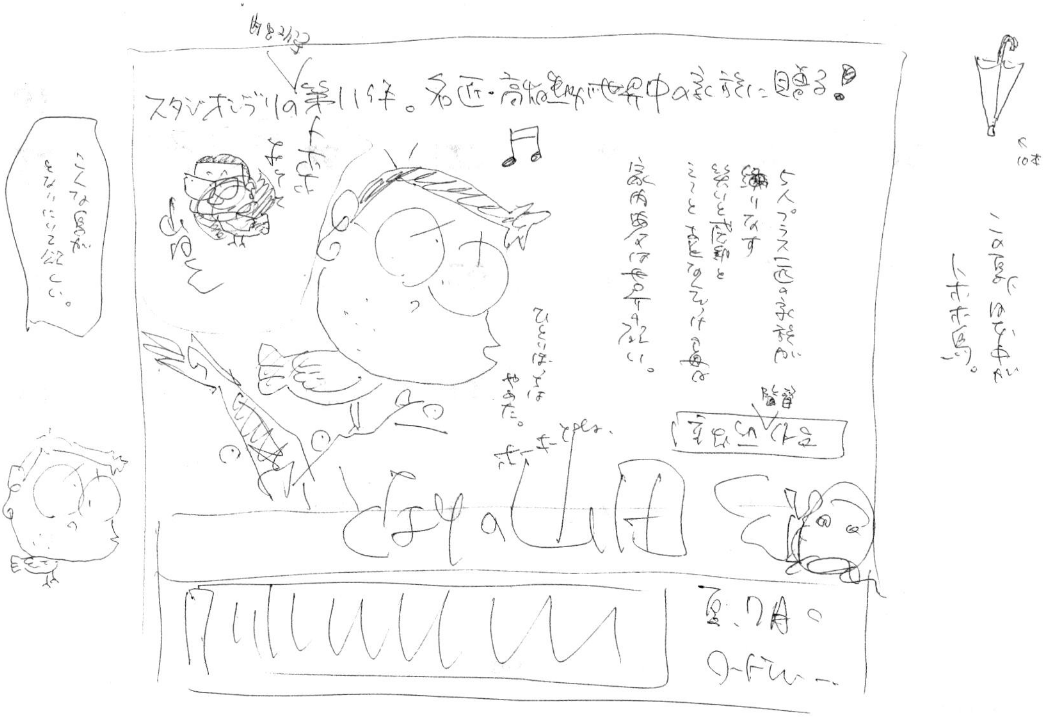

《隔壁的山田君》
報紙廣告草稿與海報。

5 海報草稿

海報就是標題、廣告文案與視覺效果這三點的組合。吉卜力海報最大的特徵就是極簡。製作海報的人，通常會想放進許多要素，然而，資訊量太大，觀眾就不會去看，最後淹沒在其他海報裡。我每次都會思考，如何簡單明瞭地傳達。相關人員會要求我，多放入故事角色或工作人員的名字，但是，這點我絕不會讓步。

另一個特徵是，我不會提出很多方案做比較。不僅是海報，凡事我都不會東猶豫西猶豫，總是一次決勝負。

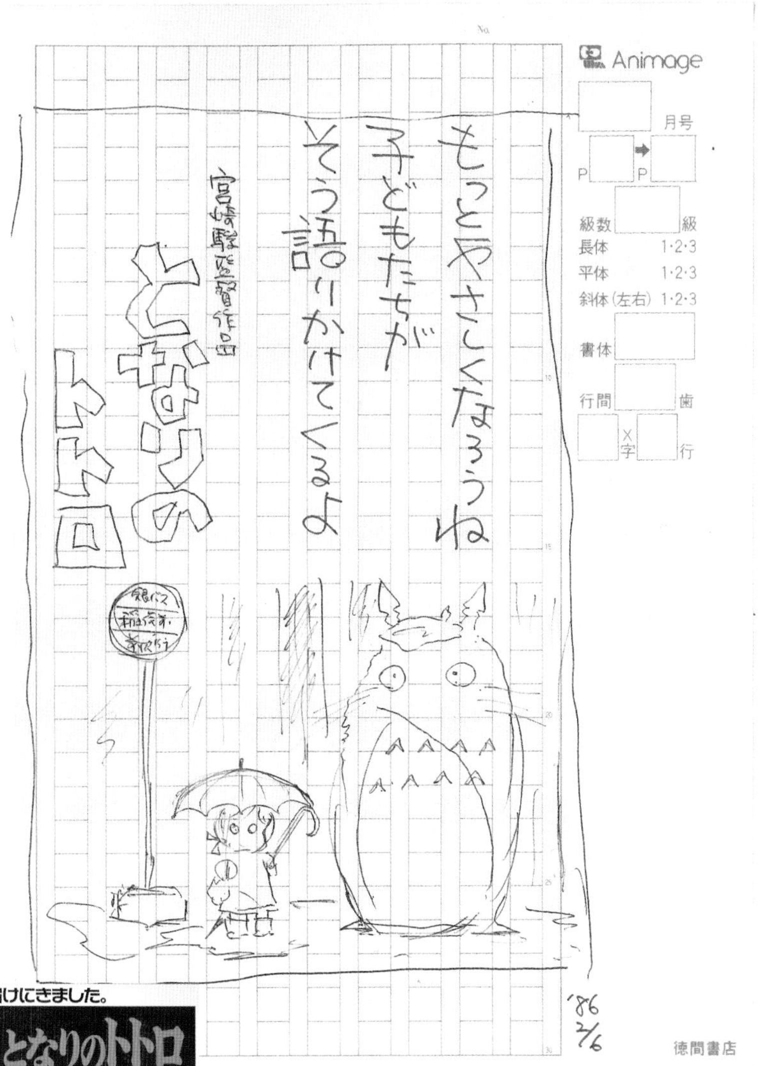

《龍貓》的草稿與海報

上面應該是在討論時，隨手畫的塗鴉。文案換成了糸井寫的文案，但幾乎是維持原樣作成了海報。

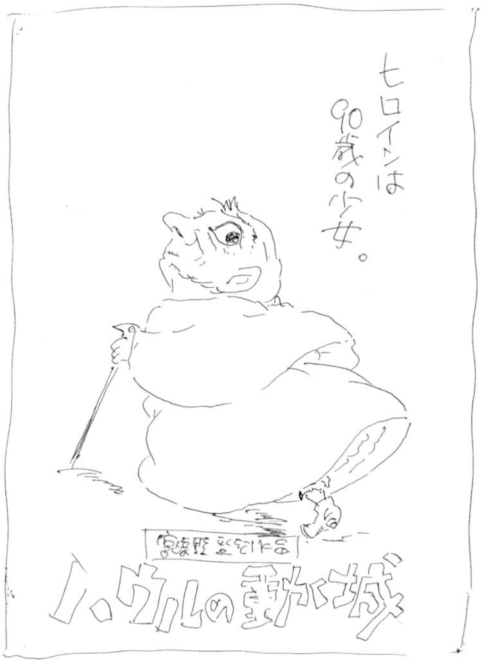

《霍爾的移動城堡》的海報草稿與報紙廣告

「霍爾」的海報發生了一點爭執。原因是我畫的草稿，蘇菲的頭轉到了人體結構上不可能做到的角度。幫我做修飾的動畫家做了修正，宮崎駿卻指示說：「這樣不好玩，改回來。」他自己也常畫變形畫，這點也成了魅力之一。

《風起》的草稿與海報

歐洲有很多畫家，都畫了以「陽傘和女人」為主題的畫，其中最有名的應屬莫內的作品。草稿上寫的廣告文案「起風了，好好活下去吧（風立ちぬ，いざ生きめやも）」，是引用自堀辰雄的《風起》。

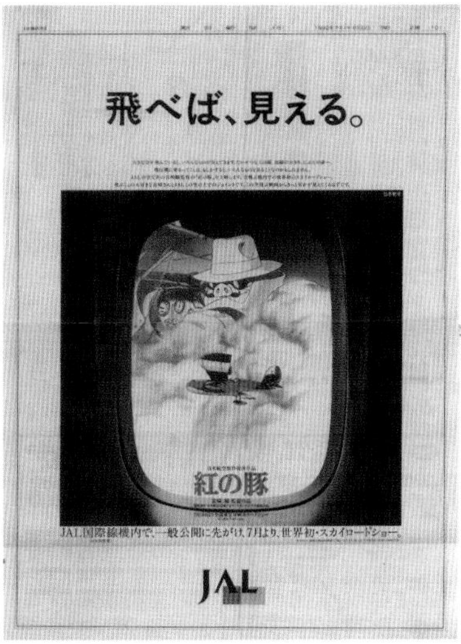

《紅豬》的草稿與報紙廣告

《紅豬》是與JAL合作的作品。報紙廣告是依據JAL的要求，以飛機為主做版面設計，所以有了右邊的方案。但是，以電影宣傳來說，最好還是把故事人物呈現出來。因此，請宮崎駿畫了中間的畫，而以左邊的樣式定案。

《崖上的波妞》的草稿與海報

《波妞》的海報，刻意連廣告文案都沒放。我認為標題本身就是廣告文案，沒有多餘的字，反而更能引起觀眾的興趣。不過，這麼乾脆俐落的海報，之前沒有過之後也不曾出現。

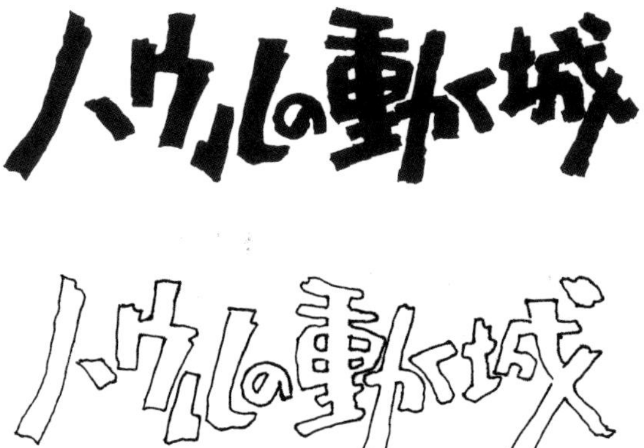

《霍爾的移動城堡》的LOGO與海報

這個時候，宮崎駿為了城堡的設計陷入苦戰。某天，他邊跟我說話，邊一如往常開始塗鴉。我還以為他在畫大砲，沒想到東加西加，竟然畫出了那座城堡。這時，他突然對我說：「鈴木兄，畫LOGO吧。」這種時候，非當場畫不可。於是，我邊聊其他話題邊用麥克筆和鉛筆畫出來，他說：「啊，這個不錯。」前後恐怕花不到30分鐘。在家庭手工業的吉卜力，經常是這樣進行工作的。

其實，「STUDIO GHIBLI」這個LOGO，也是我自己做的。我萬萬沒想到，這個用速成刻印機臨時做出來的LOGO，會使用這麼長的時間。

6 標題LOGO

我總覺得，標題LOGO也是我的工作。起初，大多是由我畫草稿，再請真野薰設計師幫我修飾。後來，直接使用我畫的東西的情況越來越多。

說到初期，老實說，《風之谷》是參考約翰．韋恩的《邊城英烈傳（THE ALAMO）》的LOGO的龜裂感。《天空之城》是與真野設計師討論中，決定作成《哥吉拉》風格。這樣的作品如果被說成是剽竊，我也沒輒。有趣的是，雖是模仿，看起來卻截然不同。

《地海戰記》的LOGO與海報

《地海戰記》是導演宮崎吾朗說：「我希望你用麥克筆寫。」拜託我寫的。我覺得很難寫，寫了好幾張。

《來自紅花坂》、《回憶中的瑪妮》、《借物少女艾莉緹》的LOGO與海報

我從以前就喜歡明朝體和粗體字，會配合作品的氛圍，先決定朝哪一個方向進行。然後把文字弄斜，或加上其他修飾。這三部作品都偏向女性的形象，所以我選擇了明朝體。

不過，老實說，《來自紅花坂》的「坂」，有點朝右下傾斜。《借りぐらしのアリエッティ（借物少女艾莉緹）》中的「り」與「リ」，兩條直線間的間隔有點不一樣。若是專業設計師，應該會讓間隔一致，不過，我覺得有手寫的味道好像也不錯。

コクリコ坂から

コクリコ坂から

思い出のマーニー

思い出のマーニー

借りぐらしのアリエッティ

借りぐらしのアリエッティ

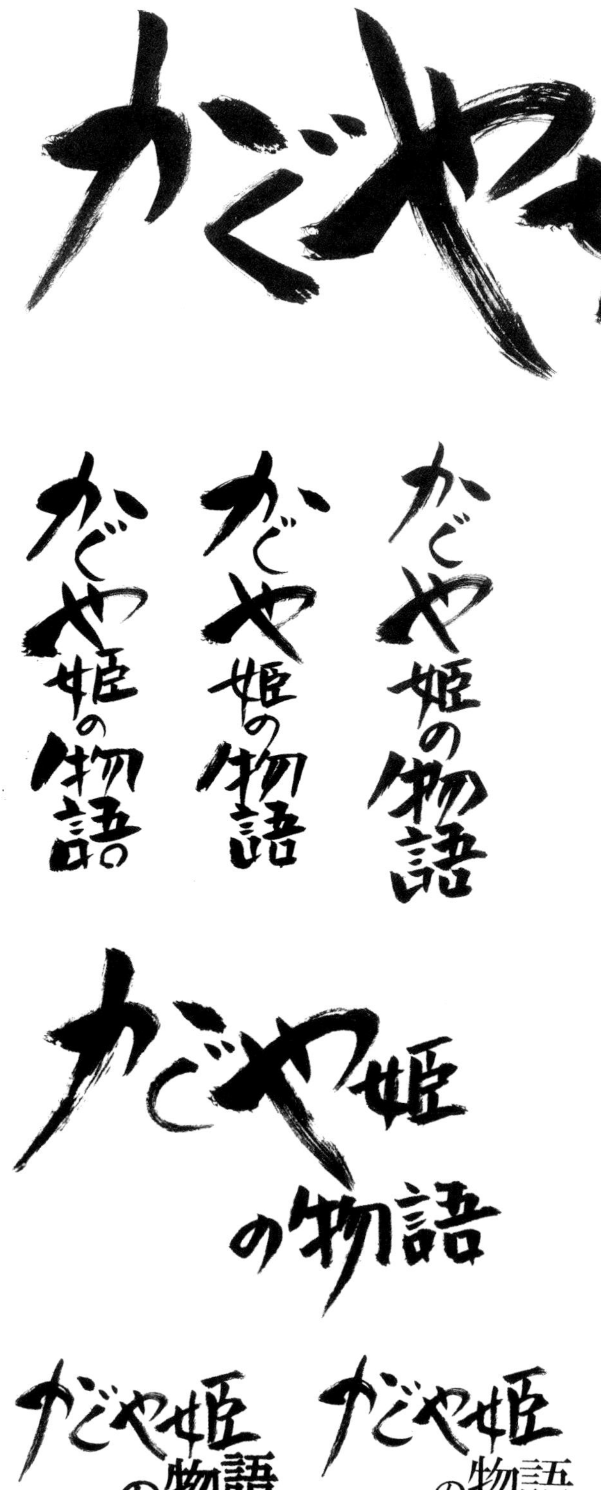

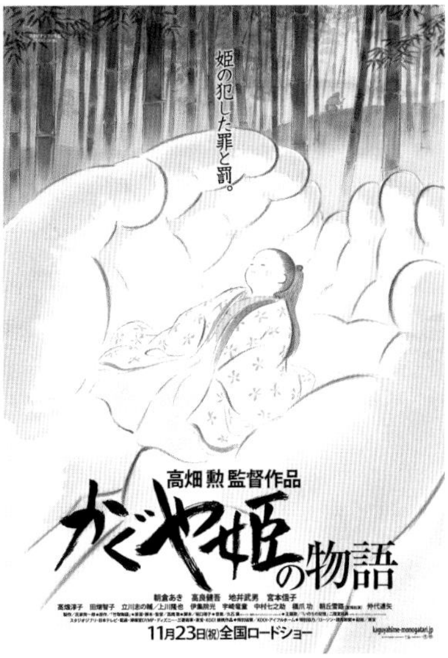

《輝耀姬物語》的LOGO與海報

收到高畑先生希望用毛筆寫的要求，我連寫了好幾張。一直寫不出我想要的樣子，還試了好幾種字體。這應該是我第一次寫出這麼多的樣式。

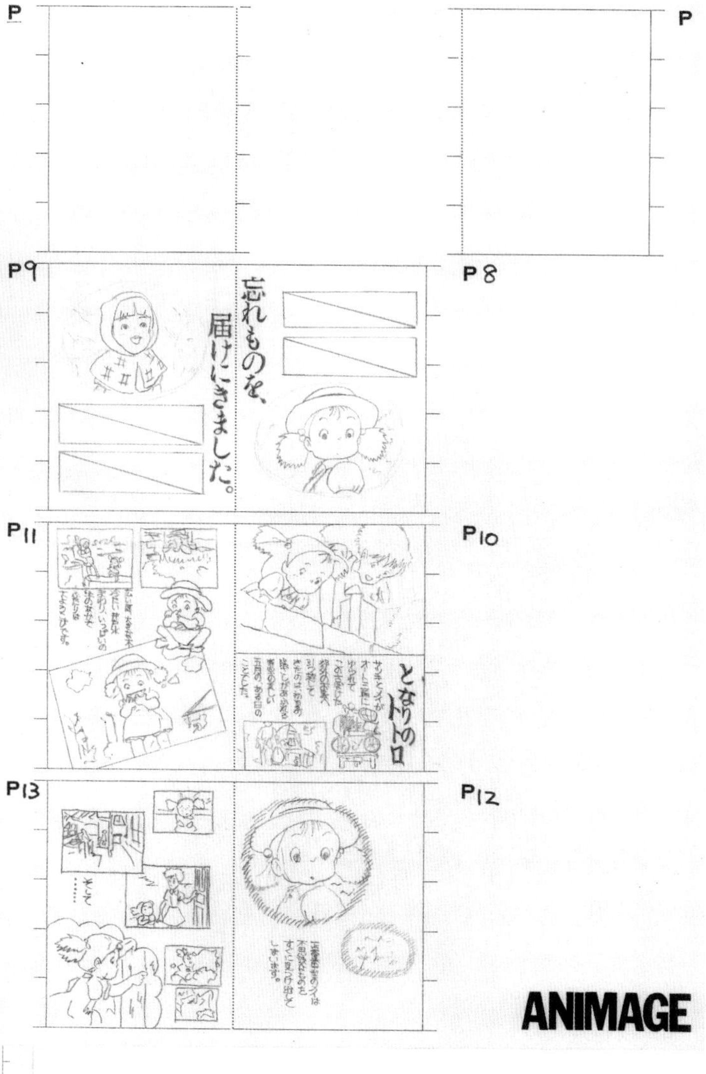

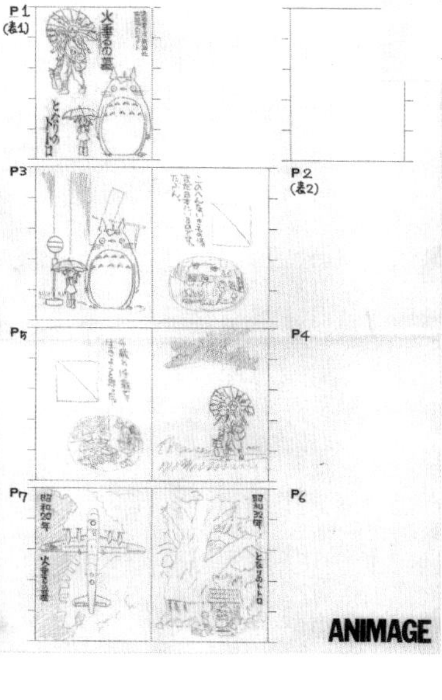

❼ 給相關企業的資料

拍攝《螢火蟲之墓》與《龍貓》的時候，是兩部同時上映，製片公司分別是新潮社與德間書店，必須將各個作品的主題、內容，準確的傳達給相關人員。這時候，正好贊助公司提供了特別預算，所以製作了詳細的說明手冊。跟平時粗略的草稿不同，都畫得很仔細，幾乎是維持原樣作成了印刷品。結果不只發給相關人員，最後也當成宣傳資料，發給了一般人。

後來，隨著出資者及合作企業越來越多，這一類的資料也越來越厚。拍攝《風起》時，說明手冊將近300頁。

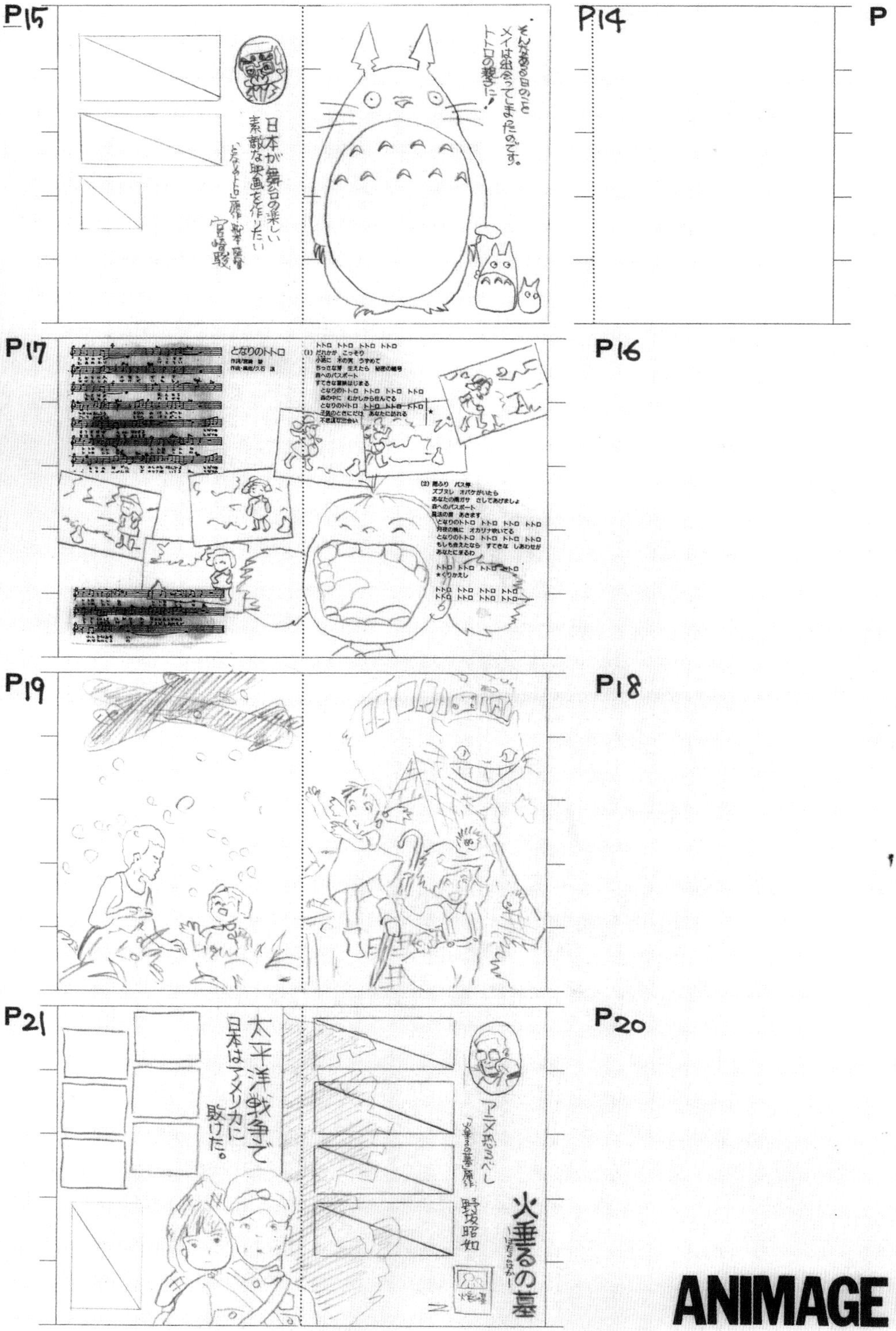
P15
P14
P
そんなある日のこと
メイは出会ってしまったのです。
トトロの秘密に！
日本が舞台の楽しい
素敵な映画を作りたい
『となりのトトロ』原作・脚本・監督
宮崎駿
P17
P16
となりのトトロ
トトロ　トトロ　トトロ　トトロ
(1) だれかが　こっそり
小路に　木の実　うずめて
ちっさな芽　生えたら　秘密の暗号
森へのパスポート
すてきな冒険はじまる
となりのトトロ　トトロ　トトロ　トトロ
森の中に　むかしから住んでる
となりのトトロ　トトロ　トトロ　トトロ
子供のときにだけ　あなたに訪れる
不思議な出会い
(2) 雨ふり　バス停
ズブヌレ　オバケがいたら
あなたの雨ガサ　さしてあげましょ
森へのパスポート
魔法の扉　あきます
となりのトトロ　トトロ　トトロ　トトロ
月夜の晩に　オカリナ吹いてる
となりのトトロ　トトロ　トトロ　トトロ
もしも会えたなら　すてきな　しあわせが
あなたに来るわ
トトロ　トトロ　トトロ　トトロ
★くりかえし
トトロ　トトロ　トトロ　トトロ
トトロ　トトロ　トトロ　トトロ……
P19
P18
P21
P20
太平洋戦争で
日本はアメリカに
敗けた。
アニメ化をいわい
『火垂るの墓』原作
野坂昭如
火垂るの墓

ANIMAGE

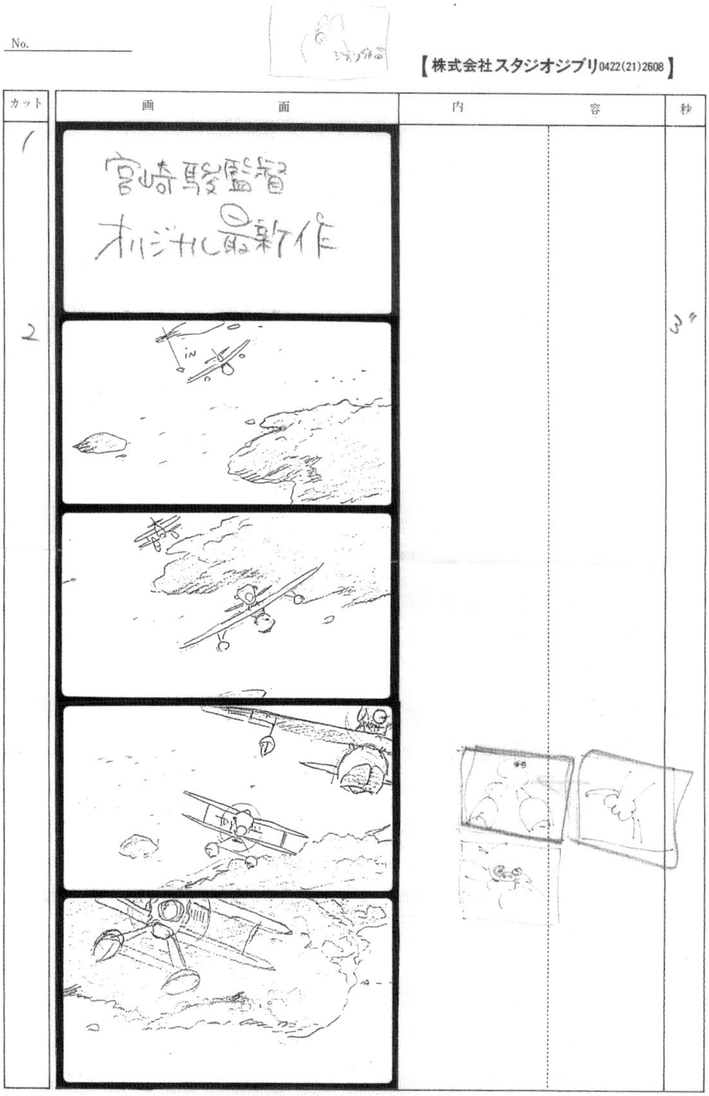

《紅豬》的插播廣告分鏡圖

❽ 廣告分鏡

製作預告篇及廣告時，大多是由我畫分鏡圖，決定結構及使用的插畫。然後，請編輯專家依據分鏡剪輯影片。

有一次，有設計師看到我畫的分鏡，很驚訝地說：「這是鈴木先生畫的嗎？很像動畫家畫的呢。」

No.

【株式会社スタジオジブリ 0422(21)2608】

カット	画面	内容		秒
3			(ナレーション) くれないの ぶた	
4		声の出演 カトウ登紀子	(ジーナ) あなただけに なったわね よい仲間は	6.5(?)
5		←実際には ポスターの 絵を挿入。		
6				1″ 18K
7		森山周一郎	(ブタ) いい奴は みんな 死ぬな。	2″ 6K

鈴木伸子さま、
徳間社長に出した手紙です。

1993.5.11(火)
スタジオジブリ
鈴木敏夫

「狸」の件、申し訳ありません。私の間違いでした。正確な情報をお知らせ致します。

1 タヌキの分布域

つまり、タヌキは「東アジア産」の動物なのです。

2 中国にも「狸」という字はあります。が、ネコの意味で、タヌキのことは「貉」と書きます。社長の食べた「狸汁」はもしかしたらネコ汁だったのではないでしょうか……!?

3 日本で「狸」という字が、タヌキをさすようになったのは、鎌倉時代以降のことだそうです。

4 日本の東北地方では、元々「狸」に相当することばがなく、アナグマもタヌキもひっくるめて「ムジナ」といっています。厳密にいうとタヌキとムジナは動物学上、ちがう種類ですが、これが事実です。

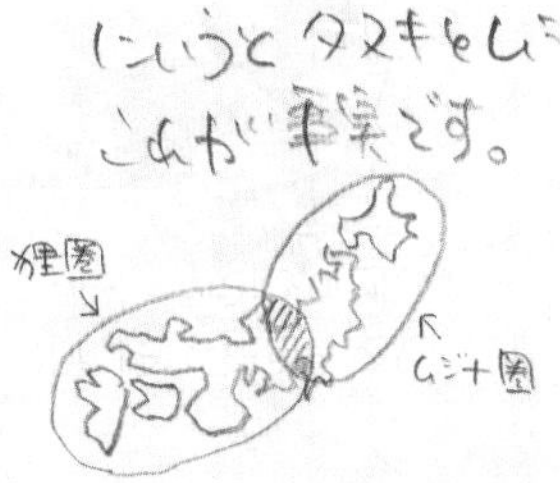

—以上、取り急ぎ、お知らせ致します。尚、この話は、高畑監督から聞きました。監督は正確な知識を持っていました。参考までに。

鈴木伸子小姐是博報堂負責吉卜力事務的窗口。在初期作品的企業合作上，曾給予我們極大的協助。這是製作《平成狸合戰》時寫給她的信。

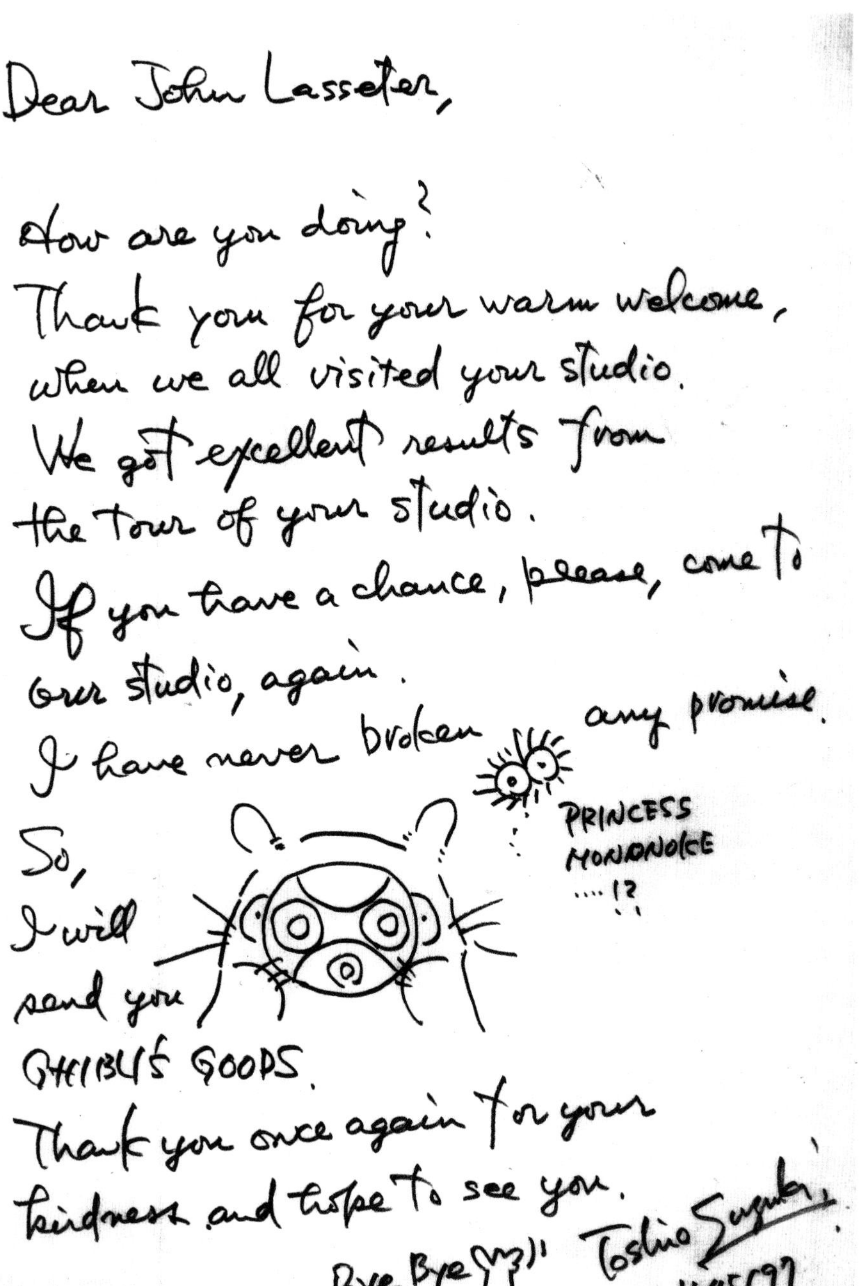

Dear John Lasseter,

How are you doing?

Thank you for your warm welcome, when we all visited your studio.

We got excellent results from the tour of your studio.

If you have a chance, please, come to our studio, again.

I have never broken any promise.

So, I will send you GHIBLI'S GOODS.

Thank you once again for your kindness and hope to see you.

Bye Bye

Toshio Suzuki,

11/15/97.

這是寫給美國的動畫導演約翰·拉塞特的信。《輝耀姬物語》上映後，我們拜訪了他的皮克斯動畫工作室，這是當時的謝函。與他之間的往來，前前後後將近三十年。

前略　徳山雅也様

楽しいキャンペーンを過ごさせて戴き、本当にありがとうございました。これもひとえに徳さんのお蔭と、宮崎ともども心より感謝しておる次第です。来る次キャンペーンもこれに懲りず、何卒宜敷くお願い致します。

尚、旅中の数々の御無礼の段に就きましては、御容赦下さい。あくまでも悪意ある訳ではございません、楽しかったことが多かったのであります。

流して戴ければ幸甚に存じます
ではまた、機会に、
平成四年六月二十五日

スタジオジブリ
鈴木敏夫

德山雅也是負責電影宣傳推廣的Major Co., Ltd的製作人。前期作品的宣傳，絕對缺少不了他。這是《紅豬》做全國宣傳活動時寫給他的謝函。

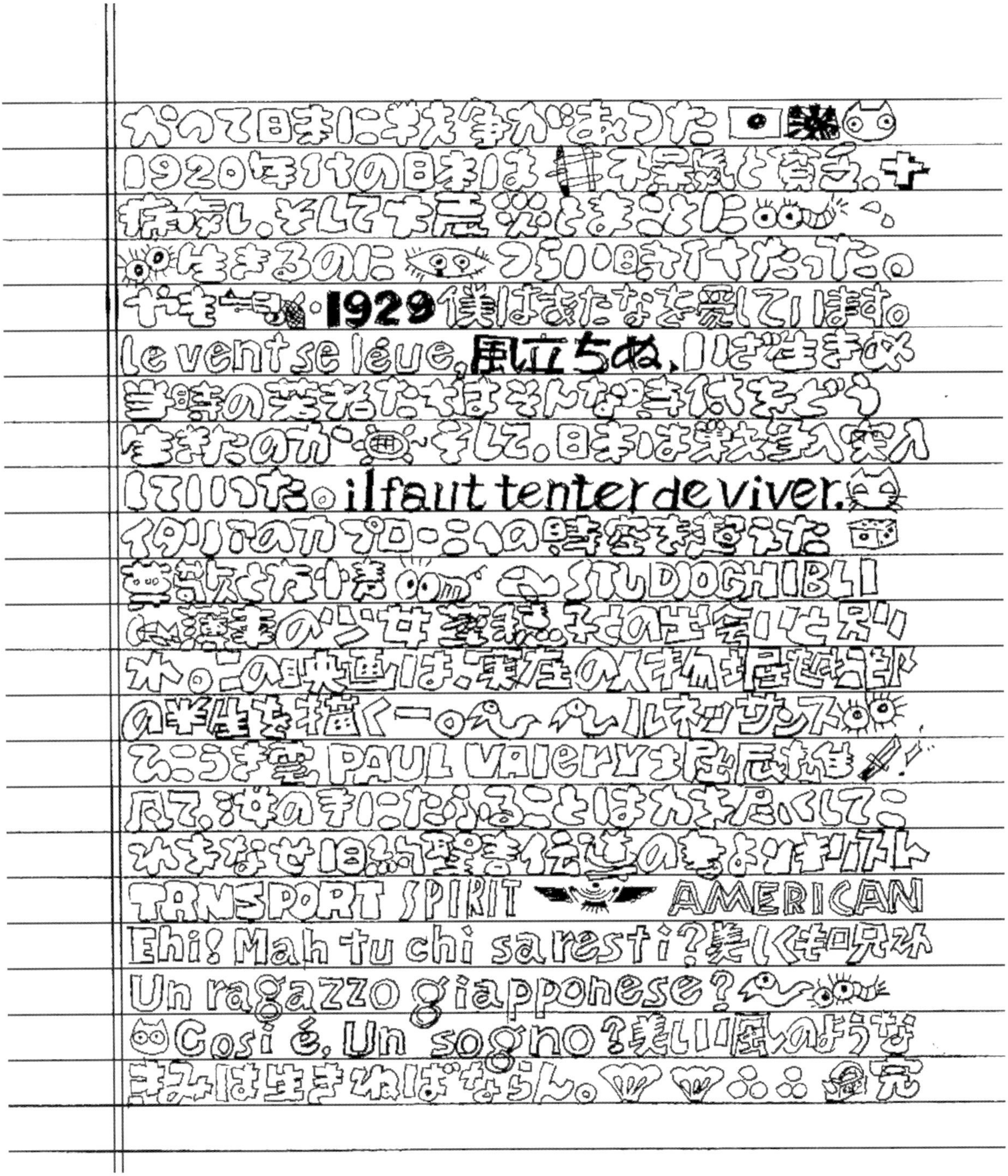

這是我在《風起》的廣告正文文字裡，夾雜各種關鍵字寫成的「塗鴉」。以前我寫過類似的東西，宮崎駿曾稱讚我說：「這種東西我看似會寫，但寫不出來。」於是，我在錄音期間又試著寫了一次，也使用在我的訪談集《順風而起》一書的設計上。

前略 黒澤久雄様

すでに目を通されているのかも知れませんが、宮崎の「風の谷のナウシカ」をお送り致します。ぼくの記憶によれば、「ナウシカ」を始めたのが、宮崎が40歳のときでした。爾来12年、途中、何回も中断をはさみつつ、連載は未だに続いております。因みに、中断のときに作った映画が「ナウシカ」「天空の城ラピュタ」「となりのトトロ」「魔女の宅急便」そして「紅の豚」です。

「『ナウシカ』を続けて描くのがシンドくて、『ナウシカ』から逃げる為に映画を作り続けたのかも知れない」

——とは、最近、宮崎がふと洩らした台詞ですが、彼のいう通り、漫画「ナウシカ」にこそ、宮崎の真骨頂があるのかも知れません。

黒澤監督が目を通されるとき「漫画」という形式は、読みづらいかも知れません。そのときは、絵だけでも御覧戴けるようお勧め戴ければ幸いです。

20日(土)の午後、お伺いする予定です。その節は、何卒、宜しくお願い致します。

1993.3.12.

スタジオジブリ
鈴木敏夫

這是為了黑澤明導演與宮崎駿對談的企劃案，我寫給導演的兒子久雄先生的信。對談實況在電視播出後，出版了《什麼是電影——關於《七武士》與《一代鮮師》》這本書。

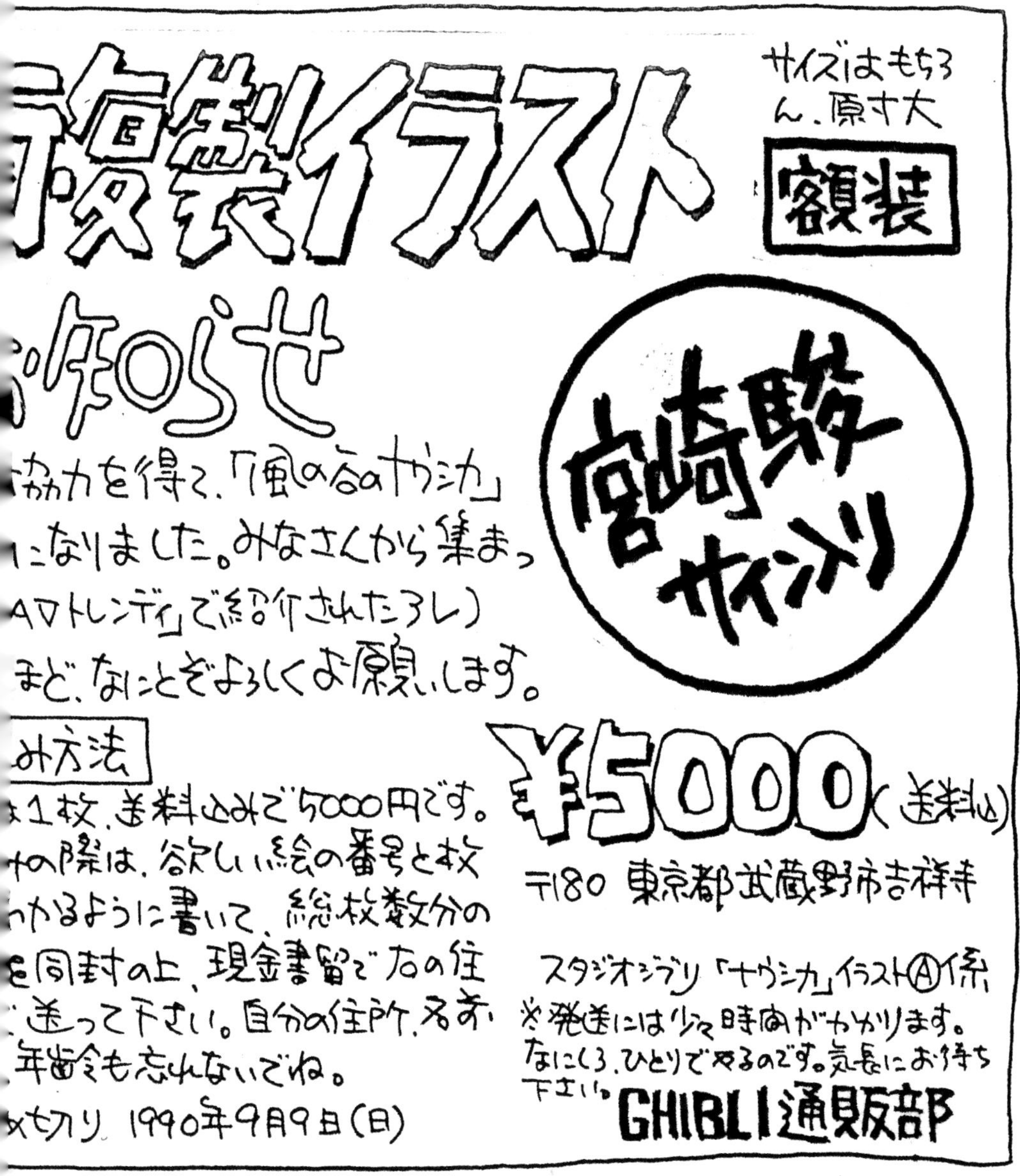
複製イラスト
サイズはもちろん、原寸大
額装
お知らせ
宮崎駿サイン入り
協力を得て、「風の谷のナウシカ」
になりました。みなさんから集まっ
AVトレンディ」で紹介されたアレ）
など、なにとぞよろしくお願いします。
込み方法
1枚、送料込みで5000円です。
の際は、欲しい絵の番号と枚
かるように書いて、総枚数分の
を同封の上、現金書留で右の住
送って下さい。自分の住所、名前
年齢も忘れないでね。
め切り 1990年9月9日(日)
¥5000（送料込）
〒180 東京都武蔵野市吉祥寺
スタジオジブリ「ナウシカ」イラストⒶ係
※発送には少々時間がかかります。
なにしろ、ひとりでやるのです。気長にお待ち下さい。
GHIBLI通販部

※現在已不能購買。

製作《兒時的點點滴滴》時，工作室很想買一台彩色影印機。但是，當時非常昂貴，實在下不了手。於是，想到利用函售插畫來集資。這是當時的廣告草稿。託大家的福，買到了彩色影印機。

崖の上のポニョ公開記念フェア

年が明けると67歳になる宮崎駿が、去年の暮れ、こんな言葉をよく漏らしていた。
「お迎えが来る日を指折り数えられる年齢になった」
—そしたら、死んだお袋に再会するんだよね。たぶん。
その時に何を話したらいいのか。
「崖の上のポニョ」を作りながら、宮さんはずっとそのことを考えていた。そんなある日、映画の中に"再会シーン"が登場した。とはいっても、直接、再会を描くわけでも、宮さんがそのまま登場する訳でもない。5歳の宗介の姿を借りて、あるおばあちゃんと出会う。何を話すかは言うまい。映画を見て楽しんで欲しい……。

いくつになっても子どもにとって母の存在は大きく深い
ヨロ
ヨロ

スタジオジブリ・プロデューサーすずきとしお
2008.5.7

借りぐらしのアリエッティ 公開記念フェア

7月17日(土)

原作・床下の小人たち(岩波書店刊)

監督は、新人～

宮崎駿が、この企画をやろうと言い出したのは、2008年の初夏のことだった。
一方、ぼくは別の企画を考えていて、どちらがいいのか、何度も議論を交わしたのだが、結局、ぼくが宮さんを立てることで決定に至った。
この「床下の小人たち」は、なんでも、その昔、若き日の宮さんが高畑勲監督と一緒に考えた企画で、数えてみると、40年近く前のことになる。
それをふと思い出した宮さんが、ぼくに読むように薦め、強引に説得して来た。自分たちの若き日への憧憬があったのだろうが、こういうことはジブリでは間々ある。
しかし、いまなぜ「床下の小人たち」なのか。その質問を宮さんにすると、苦し紛れに、こんなことを言い出した。
苦し紛れに思いつくことは、大概、核心を突く。この話の中に登場する借りぐらしという設定がいい。今の時代にぴったりだ。大量消費の時代が終わりかけている。そういうときに、モノを買うのじゃなくて借りて来るという発想は、不景気もあるけど、時代がそうなって来たことの証だと説明してくれた。
理屈と膏薬はどこへでもつく。これがジブリの精神なのダ。こうして「床下の小人たち」改め「借りぐらしのアリエッティ」の制作が始まった。

スタジオジブリ・プロデューサー 鈴木敏夫

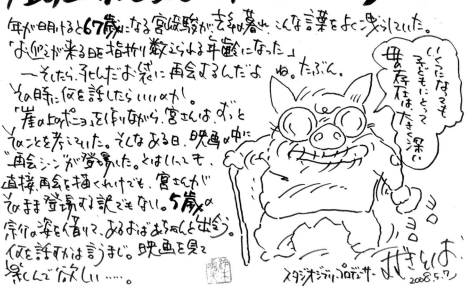

右邊是為《崖上的波妞》、《借物少女艾莉緹》的上映紀念展覽而寫的公告文。中間應該是為《崖上的波妞》的台灣宣傳活動而寫的文字。左邊是《吉卜力的文學》的封面標題，這本書收集了我至今所寫的雜文。

出現在《來自紅花坂》裡的書法，掛在德丸理事長的房間。是宮崎吾朗請我寫的。德丸理事長的靈感，是來自德間書店的創辦人德間康快，因為他以前是在真善美社工作。
左邊是報紙廣告的草稿。因為書法文字比較醒目，所以我一口氣寫了六個禮拜份的字。

9/9
ロングラン決定!

ロングラン決定!
たとえ兄妹でも
ずーっと好き。

9/22
この3連休に
劇場へ!
あの人の子どもだったら
会いたいわ。
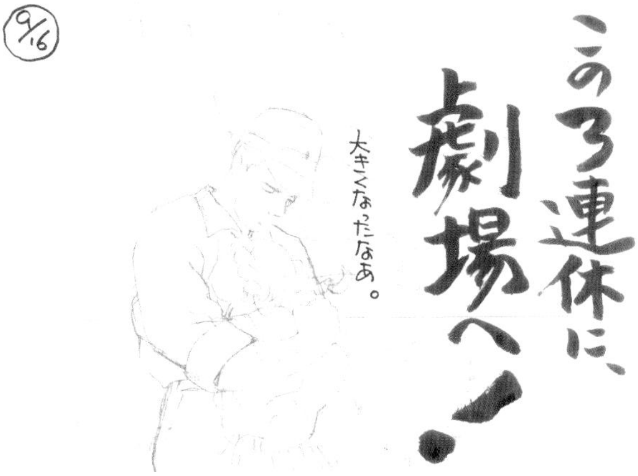
9/16
この3連休に、
劇場へ!
大きくなったなあ。

10/7
この3連休に
劇場へ!
よし、行こう!

9/30
先に
死ぬなよ。
秋本番、劇場へ。

Hisaishi
ymphonic Concert
Music from
Studio Ghibli Films
Hayao Miyazaki

6.

字如其人

堀田善衛的最後一本書，標題就是《天上大風》。封面插畫，是出自宮崎駿之手。在這本書收錄的散文〈正因虛空的虛空〉裡，堀田引用了《舊約聖經 傳道書》裡的一節。

——凡你手所當做的事要盡力去做；因為在你所必去的陰間沒有工作，沒有謀算，沒有知識，也沒有智慧。

製作《風起》時，這段文字似乎一直在宮崎駿腦海裡盤旋。不但台詞引用了這段文字，還決定把「天上大風」用在背景美術上。所以，我拿良寬禪師的墨寶當範本臨摹了上面的字。

吉卜力的電影在韓國上映時，受了大元媒體公司很多照顧。這是聽說那家公司的社長生病，我帶著祈禱病魔退散的心情寫的。會寫「情熱（熱情）」這兩個字，是因為社長的要求。

右頁：我很久以前就認識的鵜之澤伸先生，是BANDAI NAMCO的遊戲《太鼓達人》的製作人之一。他拜託我說：「想在遊戲中使用吉卜力的音樂。」後來做成了廣告。這是當時寫給他當紀念的字。

左頁：niconico超會議決定製作T恤，我從《龍貓》的小梅的台詞，選了「おじゃまたくし（湯勺）」、「とうもろこし（玉米）」來寫。下面的字是為展覽會而寫的，分別是廣島腔（請來看）與名古屋腔（回來了）。

おじゃまたくし
とうもろこし

来てみんさい
さやあてきた

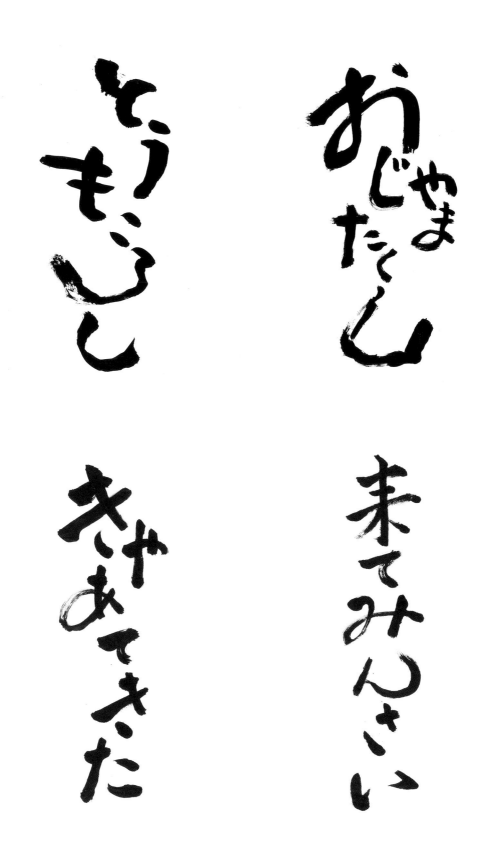

左頁：我從很久以前就喜歡幽靈畫，每到夏天，就會去谷中的全生庵觀賞。某次，發現以「綁縛繪」聞名的伊藤晴雨也畫了幽靈，好到令人歎為觀止。我很想看到他所有的作品，便協助舉辦展覽。我做了畫集，也寫了廣告標語、題字。寫「幽」字時，是想著幽靈的樣子。這是我自己也很喜歡的一件作品。
〔中譯〕好美的幽靈。伊藤晴雨幽靈畫展。

右頁：工作人員認識的瑞鷹酒窖，在2016年的熊本地震中損失慘重。這是寫給那裡生產的名為「熊本城」的酒，用來當酒標。

幽霊が美しい

伊藤晴雨幽霊画展

己六才より物の形状を写の癖ありて
半百の此より数々画面を顕すといえども
七十年画く所は実に取るに足るものなし
七十三才にして稍禽獣虫魚の骨格
草木の出生を悟し得たり
故に八十才にして益々進み

九十歳にして猶其奥意を極め
一百歳にして正に神妙ならん歟
百有十歳にしては一点一格にして
生るがごとくならん
願くは長寿の君子
予が言の妄ならざるを見たまふべし
画狂老人卍述

這是2015年，在小布施的北齋館舉辦「北齋與其弟子們 北齋繪畫 創作的祕密」的展覽會時寫的，內容是北齋七十五歲時出版的《富嶽百景》裡的跋文（後記）。我特地為能展示而寫，作成了屏風，聽說有看展的人誤以為是北齋的真跡（笑）。

〔中譯〕我六歲迷上素描萬物形狀，五十歲開始正式畫許多畫，七十歲前的畫都微不足道，七十三歲終於領悟鳥獸蟲魚的骨骼、以及草木的誕生。因此八十歲將更上一層樓，九十歲將能更深入其中奧祕，百歲時應能達出神入化之境界，若能到百一十歲，想必一點一線都能栩栩如生，掌管長壽之神啊，請看著，我所說的絕非虛言。画狂老人卍述。

天、我をして五年後の
命を保ためしハ真正の
画工となるを得べし

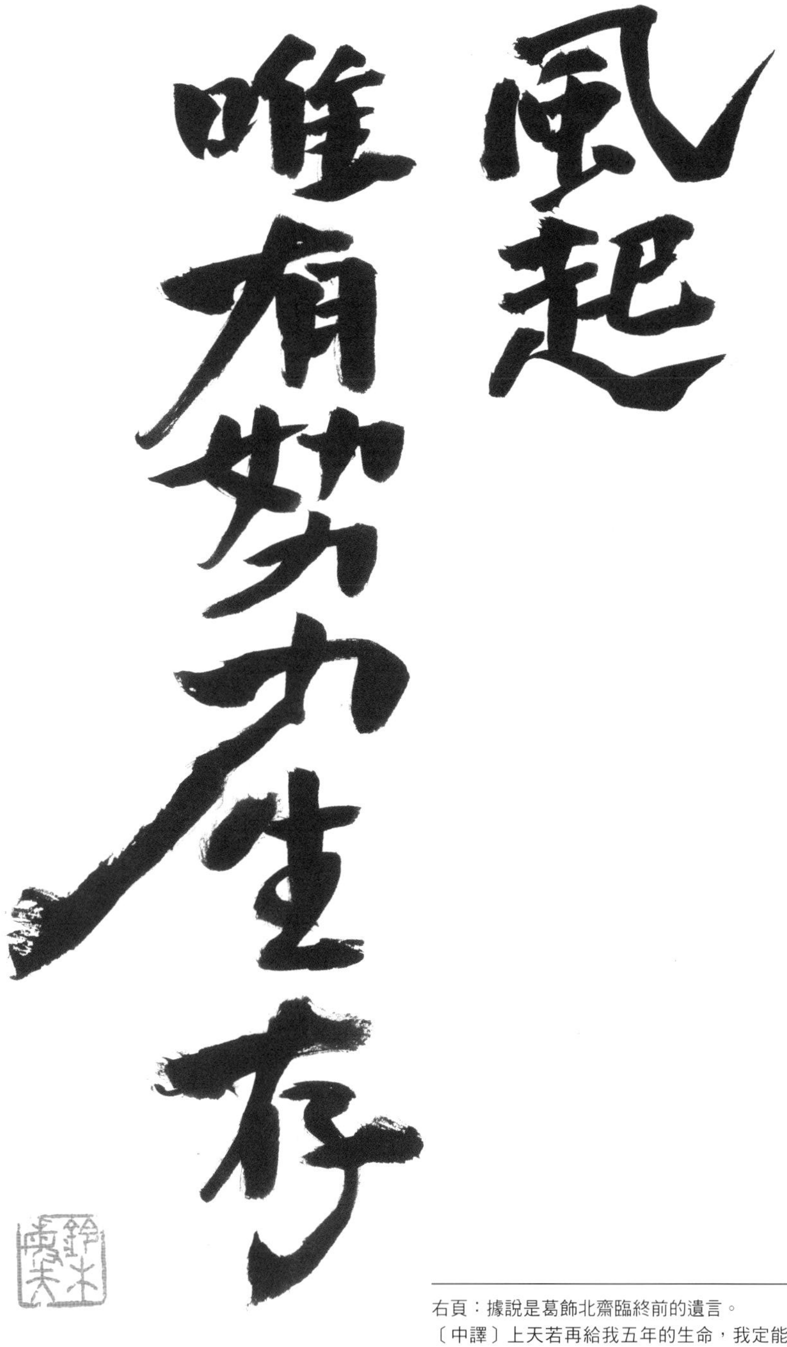

右頁：據說是葛飾北齋臨終前的遺言。
〔中譯〕上天若再給我五年的生命，我定能成為真正的畫家。
左頁：這是「風立ちぬ、いざ生きめやも」的中文翻譯，摘自堀辰雄的《風起》。我記得是為了在台灣做宣傳活動而寫的。

ジブリの大博覧会

這是2015年舉辦的展覽會的題字。在這次之前，用毛筆寫「ジブリ（吉卜力）」這三個字時，常常都找不到平衡感，這次卻一下筆就定案了。從此形成了一種風格，讓我印象深刻。
〔中譯〕吉卜力的大博覽會

這是嘗試臨摹著名的
白隱禪師的墨寶。

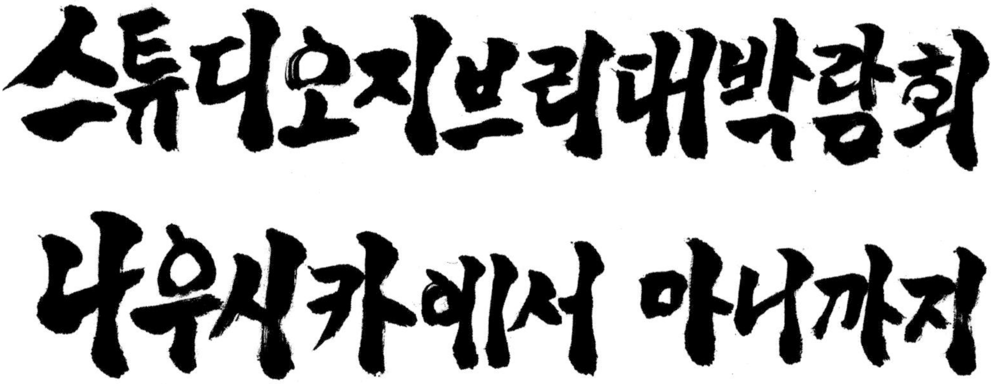

上：「吉卜力工作室大博覽會～從娜烏西卡到瑪妮」的韓國版題字。
下：在台灣舉辦「吉卜力的動畫世界」展的題字。
寫的時候有考慮到台灣的字體。

2007年開始的廣播節目「鈴木敏夫的吉卜力渾身是汗」，第一集是直接播出決定節目名稱的會議。我說我喜歡「渾身是汗」這句話，結果這句話就成了標題。使用的ＬＯＧＯ是我在直播現場寫的字。
〔中譯〕鈴木敏夫的吉卜力渾身是汗。

高畑、宮崎、鈴木、
互いを尊敬していないから
仕事ができる。

某天，宮崎衝進我的房間說：「我知道了，鈴木兄！」我問：「咦，知道什麼？」他說：「我們三個人彼此不相互尊敬，所以能完成工作。」真是名言呢（笑）。
宮崎駿這個人，都快七十七歲了，本人還是比電影更有趣。
〔中譯〕上：高畑、宮崎、鈴木彼此不相互尊敬，所以，能完成工作。左頁上：藉助他人的力量，更能發揮自我。左頁下：宮崎駿本人至今仍比電影更有趣。

他人の力を
借りた方が
自分が発揮できる。

宮崎駿。また、
映画より本人のほうが
面白い。

這是Hitachi Solutions, Ltd.出版的企業廣告雜誌請我寫的字。他們說要拍揮毫的影片，請我寫喜歡的字，我剎那間想到的就是這個「龍」字。我像平時那樣寫，他們說太快了，於是我又寫了一個「飛」字。所以「飛」帶有雜念。

書體是想像我房間裡篆刻著「飛龍」二字的石版。

飛

這是送給建築師安井聰太郎先生的字。在愛知萬博建築「小月與小梅之家」時，木匠師傅中村武司先生提供了許多協助。安井先生是他的夥伴，把以杉木、土建築的自宅稱為「風的遊戲場」，經常舉辦活動讓許多人體驗「舒適的家」。
〔中譯〕風的遊戲場。

風の

人はいつも
矛盾の中に生きている
人間への
絶望と信頼

その狭間に
人は生きている

鈴木敏夫

這是為《來自紅花坂》的宣傳而寫的廣告文案。我寫的「人」，其實是指宮崎駿。

列出兩個極端的言語，從中找出被揚棄的東西——是某種辯證法，高畑勲導演是徹底實行這個辯證法的人。受到他影響的宮崎駿也是。我也非常能理解那種思考方式。

〔中譯〕人總是活在矛盾之中。人是活在對人類的絕望與信賴之間的狹縫裡。

無常

寫得太好了，好到不禁想：「真的是自己寫的嗎？」完全不帶一點邪念。

死にもの狂い

《加爾姆戰爭》的宣傳廣告文案。
是劇本作家虛淵玄先生想出來的句子，我用毛筆寫出來。
〔中譯〕右頁：拚死拚活。左頁：重拾這個國家捨棄的幻想。

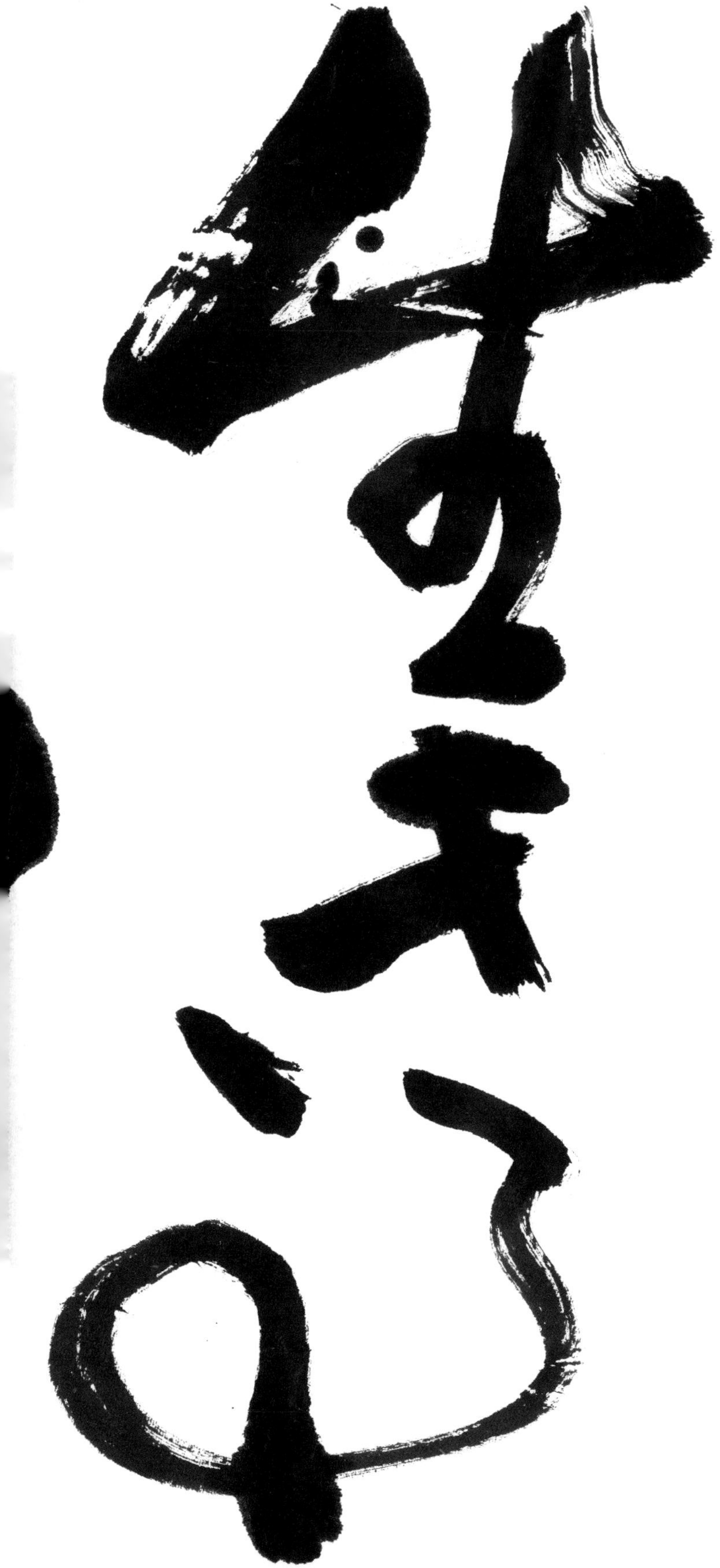

《神隱少女》也是用這句話當廣告文案。雖是我常寫的字，但這次嘗試的主題是把「力」字寫得特別大。

〔中譯〕求生的力量。

母親的字

經常有人問我，什麼時候開始用毛筆寫字？有沒有學過書法？開始用毛筆寫字是某天心血來潮，基本上書法也是自我流派。

不過，在仔細回想中，喚醒了我小時候的記憶。我們小學的時候有書法課，大家都要寫字，寫完後貼在教室後面。暑假、寒假也都有書法作業。那時候，我要寫在正式的白紙上之前，都會在舊報紙上先練習好幾遍。那時是用母親寫的字當範本。

有婚喪喜慶時，我父母都會用硯台磨墨、用毛筆寫字。可能是因為我經常就近看著他們這樣的舉動，所以，對使用毛筆寫字這件事不覺得不自然。

最近都是臨摹名人的墨寶，但我第一次模仿他人寫字，就是模仿母親的字。父親很會畫畫，但論寫字母親比較厲害。我的寫字老師應該是母親。

老家有很多硯台、毛筆，在他們走後我想做整理，才發現大的東西幾乎都扔了，不見了，令人惋惜。

＊

似乎有人把我的字體稱為「鈴木字體」，這是因為我寫字時都會注意要寫得讓人容易看得懂，久而久之，就變成那樣的字了。

我原本是週刊雜誌的記者，每個禮拜都要寫很多稿子。當時，是把手寫稿交給印刷廠，所以，寫大家都容易看得懂的字非常重要。而且，稿紙的格子又大，讓我養成了寫大字的習慣，把格子填滿。

之後投入電影工作，如我開頭所說的那樣，就從某天開始嘗試使用自來水毛筆寫討論的筆記了。持續寫了幾年後，終於寫出了自己也覺得還可以的字。

某天，要舉辦「堀田善衛展」（80頁），工作人員請我題字。當時我已經很喜歡用毛筆寫字，所以自己也躍躍欲試，決定挑戰看看。最開心的是，堀田先生的女兒來看展覽時，對我說：「很像我父親的字，看了好感動。」其實，我是偷偷模仿了堀田先生的運筆。

那之後寫的，應該是「男鹿和雄展」（80頁）的題字。男鹿先生本人看到，也開心地說：「真是好字呢。」

還有一件事我記憶猶存，那就是畫家奈良美智先生來吉卜力時的事。奈良先生走進我房間，看到排列的資料夾，說了一句：「啊，就是這個字！」看得渾然忘我。我問怎麼回事，他說他以前看到我的字就讚嘆不已。能被奈良先生這樣的人說：「這個字真的很好看呢。」我當然很開心。

我一面累積那樣的經驗，一面開始接電影的標題、廣告文案、書籍的題字等書寫各種文字的委託案，一直寫到現在。

創作與制約

就像這樣，以我的例子來說，並不是哪天想到要寫書法，就去拜師學藝。我是因應要求寫字，在實際運作中學習。自己想寫什麼就寫什麼，怎麼寫都能寫出自己喜歡的字。但是，接到委託案，就要寫平時不太會寫的字。也因此，我在工作中學到了不少東西。

以前的藝術家，要因應委託人的要求進行創作。達文西、拉裴爾、米開朗基羅都是這樣。以這個意義來看，擔任製作人的我就是委託人。實際創作的人是擔任導演的高畑勳和宮崎駿。

我從擔任委託人的經驗得到的結論是，讓創作的人做自己喜歡的東西，很難創作出好的作品。反而是受到某方面的制約，更能在克服制約的狀態下，創作出好的作品。

宮崎駿尤其有這樣的特性。最令人讚嘆的是，拍攝《紅豬》的時候。在那之前剛拍完《兒時的點點滴滴》，畫面的製作太過辛苦，主要工作人員都已經筋疲力盡，陷入無法組成理想團隊的狀況。

此時，宮崎駿宣佈：「這次的主要工作人員全部要找女性。」畫面製作的導演、美術導演、色彩設計等，全都拔擢女性，推出「由女性拍攝的飛機電影」的廣告詞，炒熱了現場。把找不到理想工作人員的制約，轉換成了優勢。

看到他那麼做，我想起了自己當編輯的時候。

《Animage》這本雜誌，也不是聚集在公司內被視為菁英的人員一起做的。而是把其他編輯部的多餘人員聚集起來，邊激發出個人的優點邊做出來的。

而高畑勳則是以完全極端的方式拍攝電影的導演，他總是要求理想的環境、最優秀的工作人員。

每個人的做法，各有優點也各有缺點。會設法利用現有的人力來完成工作的我和宮崎駿，做法比較實際，但或許有人會認為這是一種妥協。

掌控毛筆

寫字的時候也一樣，我會設法運用擺在眼前的毛筆和紙來寫。若以「弘法不挑筆（弘法大師不挑筆也能寫出好字）」來形容，或許有點狂妄，但是，有好的道具，真的未必能寫出好字。

不過，我不間斷地寫書法，就越來越多人送我毛筆，使我不得不嘗試使用各種毛筆。從中我了解到，每支毛筆都有每支毛筆的特性。不同的毛筆，可能會寫出不同的字，產生意想不到的效果。

例如，我嘗試使用前些日子才收到的熊野筆，結果熊野筆完全不聽使喚。我試著寫「生きろ（活下去）」，卻無法寫出平時寫的「生」字。寫到「き」時，有點生氣，寫到「ろ」時，已經是全憑蠻力揮筆。結果，變成了那樣的字（68頁）。控制不了悍馬、烈馬般的感情波動，呈現在書法上，反而別有一番趣味。

同樣是熊野筆，只要使用過很多次，好好調教，就會逐漸照自己的意思奔馳。「言語的魔法」的字，就是用那樣的筆寫出來的。文字的形狀複雜，所以線必須寫得很細，筆卻在那時候自己動了起來。可見我的調教還不夠完美。結果，我能掌控的部份，與我不能掌控的部份相結合，在兩者相互平衡之間形成了一種字。尤其是「魔」和「法」字，叫我再寫一次我也寫不出來。

話雖如此，太仰賴這樣的偶然也不好玩。其實，我還是想自己掌控毛筆。

在現代藝術的世界，曾有個時期，流行所謂的「行動繪畫」手法。做法是在自己身上塗顏料，再去衝撞全白的畫布。拉開距離看衝撞出來的圖案後，再繼續衝撞。這樣重複幾次，創造出作品。沒錯，會產生偶然性的趣味。然而，從衝撞出來的許多圖案中，選擇好的圖案，並非畫家而是評論家的姿態。那並不是在自己的意願下創造出來的東西。

我認為，所謂的道具，如果不能運用自如，就沒有意義。

例如，車子也是一樣。現在已經有裝配各種設備，可以靠自動駕駛行進的車子。但是，以前的車子，不靠自己的意識操作，就沒辦法順利行進。就這點來說，我覺得我年輕時駕駛的Mini Cooper很有趣。車子與人融為一體，感覺就像自己的手腳。不過，奔馳在凹凸不平的路上，身體會直接承受撞擊。現在的車子完全仰賴機器，或許駕駛起來比較輕鬆，但也失去了樂趣。

說到筆記用品，有鉛筆、原子筆、麥克筆等……各種東西。不論使用哪一種，大多能寫出自己想寫的字。然而，毛筆卻不一樣。也因為這樣，才有駕馭的樂趣。

用慣了就會熟練，知道如何讓毛筆照自己的意思揮灑。

沒多久，自己與毛筆就會成為一體。但是，能完美駕馭後，又會覺得無聊。這時候，就會想挑戰新的毛筆。我想就是這樣的反覆。

專注於當下此刻

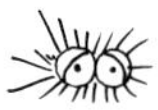

我記得以前與演員仲代達矢先生對談時，他說過他會靠使用毛筆書寫來背台詞。我想這是因為拿著毛筆，就會湧現專注力。同樣的言語，用鉛筆寫的時候和用毛筆寫的時候，專注力不同。用毛筆寫，言語就會在體內化為血肉。毛筆是非常不可思議的道具。

幾乎在白紙上下筆的瞬間，就已經決定會寫出什麼樣的字。以前，曾接過京都下鴨神社的委託，書寫鴨長明的《方丈記》中的一節（3頁）。正在煩惱該寫什麼字體時，腦中浮現《方丈記私記》的作者堀田善衛先生的身影。於是，我把堀田先生的字放在旁邊，邊參考邊寫。

但是，在下筆的瞬間，就知道不會寫得好。從「ゆく河の流れは絶えずして（逝川流水不絕）」的「ゆ」開始，已經不像堀田先生的字了。但是，若要重寫，就得中斷好不容易凝聚的專注力。因此，我一口氣寫到了最後。完成的字，與我想像中的字相去甚遠。

但是，我覺得這樣就好。因為專注於那個瞬間，所以寫出了只有當下才寫得出來的字。這不就是書法的醍醐味嗎？

我也經常在工作人員的注視下、在攝影機的拍攝下寫字，以我來說，在這樣的環境下更能夠專注。反而是一個人關在房間裡寫，會有怠惰的時候。

專注於書寫時，心和身體會漸漸緊繃起來，最後形成身心合一的自己。會忘記昨天的事，也無法思考明天的事，全心全意地專注於當下。在那裡面，會有某種快感。

在「niconico超會議」的活動，挑戰二十個榻榻米大的大字畫，專注力升高到連自己都感到驚訝（12頁等）。寫灰塵精靈是一開始就決定的。但是，真的能寫在那麼大張的紙上嗎？我懷著忐忑不安的心走進會場，看到周遭圍著許多觀眾。

剛握住毛筆時的感覺，我至今記憶猶新。我心想：「沒有想像中那麼重，這樣應該有辦法寫吧。」然而，一沾墨水，我就被那個重量嚇到了。於是，我把握住毛筆的手從筆桿往筆頭移動，重新調整姿勢。然後，在覺得容易寫的時候下筆。

就在那個瞬間，一切化為無。觀眾們明明發出了聲音，我卻完全聽不見，現場只有專心運筆的自己。我並非無意識地寫，而是冷靜地思索著線的平衡感。

我先畫了眼睛。畫到一半，發現輪廓變成了橢圓。我的視線是朝著毛筆和腳下，但是，感覺就像有另一個自己，正從會場上方俯瞰整體。

為了取得平衡感，我決定把另一個眼睛畫成橫向的橢圓，再靠些微的偏斜來調整味道。就這樣，邊寫邊修正軌道。

我原本就善於掌握空間，不論寫字或作畫時，都會注意空間的平衡。在思考房間的裝潢設計時，看著空間，想像就會霎時湧上來。書架要擺在這裡、牆壁要塗這個顏色、擺幾張沙發夠幾個人坐……這些都能瞬間搞定。從很久以前就是這樣，我自己也不知道為什麼。

拉出最後一條線時，緊繃的神經斷裂，猛然回過神來。在那期間，幾乎連呼吸都忘了，我從來沒有過如此專注的經驗，彷彿發現了嶄新的自己。

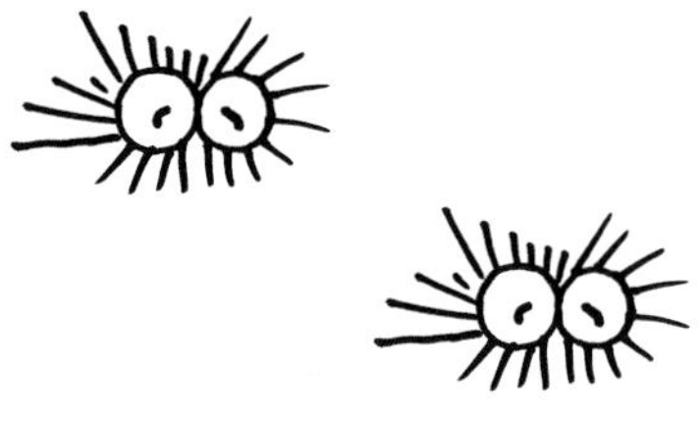

昨日的自己是過去的遺人

從使用自來水毛筆做筆記開始，到現在連二十個榻榻米的大字都寫過了，將來還要往哪裡延伸呢？我有個小小的野心，就是想嘗試繪畫。

最近，我把老家以前掛的掛軸找出來欣賞，其中也有父親自己畫的松樹、富士山的水墨畫。現在再看，覺得畫得非常好。

可能是受到父親的影響，我也喜歡水墨畫，看過許多作品，尤其喜歡白隱和仙崖。字和畫都非常好。現在我會看著它們臨摹，很想學會那種運筆，但很難畫出同樣的東西。即便如此，繪畫本身還是很有趣。

*

我從以前就對過去的東西沒有興趣。雜誌、電影在製作完畢後，就成了過去的東西。我不會重看，周遭人說：「某時候發生過某某事。」我也幾乎都不記得。

這次，像這樣收集自己過去寫的東西，也彷彿有另一個自己在看別人的東西，會想「咦，我也寫過這種東西啊」。

對我而言，昨日的自己已經是別人。寺山修司寫過這樣的文章：

——每次去歐洲旅行，我都會寫信給自己。當下，存在著被時差隔開來的兩個我。對正在旅行的我來說，幾個月後讀到我這封信的男人不過是虛構的，對回國後拆開信的我來說，旅行時寫這封信的自己，也不過是過去的遺人。

想得起過去的事，也想不起當時的情感。再怎麼打或捏過去的自己，也不痛不癢。也就是說，已經跟歷史上的人物一樣了。對我而言，過去的自己就是這樣的存在。

前些日子，聽禪宗僧侶的開示，才知道釋迦牟尼佛也說過：「要專注於當下此刻，不要被未來與過去束縛。」

我寫書法，或許就是想專注於當下此刻。老實說，宮崎駿這個人也是時時刻刻都活在當下、此刻的人。我們兩人會如此契合，是因為我們共同渡過了如此漫長的時間嗎？還是因為原本就相似？現在覺得兩人的想法未免相似到有點恐怖。

今、此処に

年輕的時候，曾經覺得那種剎那間的生活方式並不好。
然而，這句話卻一直哽在我心中。某天，看到加藤周一先生寫的關於「當下」和「此刻」的文章，頗為贊同。
然後，幾年前，又讀到這樣的文章：
——只擁有「當下」和「此刻」，就能過著小孩子或聖人般的生活。
——美好的過去太遙遠，最近的過去太悲慘，未來會如何全然不可知，因此，現在有機會變成「此刻」、「當下」的黃金的現在。
出處是1955年林白夫人（Anne Morrow Lindbergh）所著的《來自大海的禮物》。或許，不論古今中外，這都是普遍的哲學吧。
〔中譯〕活在當下、此刻。

後記

角川書店有個男人叫古林英明。他曾任職於德間書店，是我的部下。在德間書店時，他負責《風之谷》，也是跟我一起編輯《Animage》的夥伴。

有一次，由宮崎駿當團長，我們結伴一起去義大利旅行。旅行快結束時，我們決定在羅馬購物，於是古林帶我們去了GUCCI的總店。古林在學生時代，曾經來法國留學，所以很熟歐洲。

我們在店內逛一圈後，被價格嚇到，每樣東西都貴得嚇死人。這時候，古林對我們說：

「後面有一家GUCCI的親戚的店，那裡就便宜了。」

我們立刻直奔那家店。那裡陳列的商品，價格都只有GUCCI的十分之一。我們買完東西，走出店外，仔細看那家店的名字，竟然是「CUCCI」。其中一個旅伴問古林：

「不是『G』，是『C』吧？」

古林沒有直接回答那個問題，對我們說：

「便宜就行了吧？」

CUCCI真的是GUCCI的親戚嗎？我們都有這樣的疑問，但是，誰也沒有繼續追究。可能是因為便宜，大家都大肆採購了禮物，也不能折回那家店退貨了。

不過，想到CUCCI把店開在GUCCI的後面，我就忍俊不禁。原來義大利是這麼有人味的國家，令人開心。

古林換到角川後，我跟他還是繼續往來了很長的時間。宮崎駿對他的關愛也依然不滅。儘管發生過很多事，但他是個很有趣的傢伙。

這個古林，幾年前突然離世了。他是個所作所為毫無道理可循的人，但不知為何我就是無法討厭他，由衷為他的死感到傷悲。

這本書的責編加藤芳美小姐，是古林的直系弟子。她來跟我說「想做這本書」時，我就知道無法拒絕。即使拒絕，她也會糾纏我到底，因為古林就是那樣的人。我瞬間領悟到這個道理，立刻點頭答應了。從她的行為舉止，我看見了古林的影子。她的所作所為跟師父一樣，毫無道理可循，但有堅強的意志——這是我跟她相處時的感覺。

聽完她的說明，我也完全無法理解會做出什麼樣的書，她果然是古林的弟子。我敢直言，我的書法只是「自己流」，絕不是什麼了不起的東西。她會提出這個企劃案，可能是因為我是古林以前的上司，她想跟這樣的我相處看看吧？

那之後，經過一年，她把草稿寄來了。好厚一疊。然後，她請我寫後記。我看到截稿時間，覺得時間太倉促。於是，寫mail跟她說應該早點通知我，她給了我以下的回函。

このあとがき、全体像をお見せしてからお願いを…と思っていたら、、ごめんなさい！何卒よろしくお願いいたします。

（我是想最好讓您看過整體的樣子，再請您寫後記……想著想著就、、對不起！萬事拜託了。）

「…と思っていたら（想著想著就）」的後面有兩個頓號，那不是誤植，而是注入了她當時的心情——言語無法形容的焦躁。儘管如此，我還是很煩惱。要看完草稿後再寫呢？還是看之前先寫呢？看完後，說不定會寫不出後記。這麼一想，就決定寫完後再看草稿。好緊張。

加藤小姐，對不起，妳特地把草稿寄來，我卻沒先看，原因就是這樣。無論如何，真的辛苦妳了。此外，我想感謝在筆之里工房的展覽會「吉卜力工作室　鈴木敏夫 言語的魔法展」時，令我驚嘆的藤原綾乃小姐與松村卓志先生、幫我彙整採訪稿的柳橋閑先生、在出版上對我十分關照的田居因先生、以及古林。我經常深深覺得，我非常有貴人緣。

古林一定在那個世界不好意思地搔著頭。

二〇一七年十二月三日

鈴木敏夫

鈴木敏夫

1948年生於名古屋市。

1972年慶應義塾大學文學院畢業後，就職於德間書店。經過《ASAHI藝能週刊》的洗禮後，於1978年參與雜誌《Animage》的創刊。在擔任副總編輯、總編輯的12年間，同時參與《風之谷》（1984年）、《天空之城》（1986年）、《螢火蟲之墓》、《龍貓》（1988年）、《魔女宅急便》（1989年）等高畑勲、宮崎駿的一連串作品的製作。

1985年時參與吉卜力工作室的設立，於1989年正式隸屬於吉卜力工作室。之後，經手過的電影有《兒時的點點滴滴》（1991年）、《紅豬》（1992年）、《平成狸合戰》（1994年）、《側耳傾聽》（1995年）、《魔法公主》（1997年）、《隔壁的山田君》（1999年）、《神隱少女》（2001年）、《貓的報恩》、《吉卜力動畫短片集2》（2002年）、《霍爾的移動城堡》（2004年）、《地海戰記》（2006年）、《崖上的波妞》（2008年）、《借物少女艾莉緹》（2010年）、《來自紅花坂》（2011年）、《風起》（2013年）。在《輝耀姬物語》（2013年）時負責企畫，在《回憶中的瑪妮》（2014年）時負責製作，之後，在《紅烏龜：小島物語》（2016年・日法比合作）擔任製作人之一。

其他也經手過寫實作品《式日》（2000年・庵野秀明導演作品）、三鷹之森吉卜力美術館（於2001年開館・東京都三鷹市）的策劃、押井守導演的《攻殼機動隊2：無垢》（2004年・Production I.G作品）、特攝短篇電影《巨神兵現身東京》（2012年・庵野秀明企劃・樋口真嗣導演作品）的共同製作、押井守導演的《加爾姆戰爭》（2016年・Production I.G作品）的日文版製作。2007年起，擔任TOKYO FM「鈴木敏夫的吉卜力渾身是汗」的主持人。2017年舉辦了以自己的書法為主的首次展覽會「吉卜力工作室　鈴木敏夫　言語的魔法展」（8/27-11/5、廣島縣熊野町・筆之工房）。

著有2005年的《樂在電影》（PIA雜誌刊載／2012年角川文庫出版）、2008年的《樂在工作：進入宮崎駿・高畑勲的動畫世界》（岩波新書出版／2014年新版出版）、2011年的《吉卜力的哲學：改變的事物與不變的事物》（岩波書店出版）、2013年的《鈴木敏夫渾身是汗1》、《鈴木敏夫渾身是汗2》、《鈴木敏夫渾身是汗3》（復刊．com出版）、《順風而起》（中央公論新社出版）、2014年的《鈴木敏夫渾身是汗4》（復刊．com出版）、2016年的《鈴木敏夫渾身是汗5》（復刊．com出版）、《吉卜力的夥伴們》（新潮新書出版）、2017年的《吉卜力的文學》（岩波書店出版）等。

獲頒過藤本賞、山路ふみ子文化賞、Élan d'or賞製作人賞、渡辺晋賞、電影之日特別功勞賞、藝術選奬文部科學大臣賞、全廣連日本宣傳賞正力賞、AMD Award／20週年紀念特別賞等獎項。此外，並於2012年獲得美國Rhode Island School of Design（RISD）的榮譽博士學位。
現為吉卜力工作室股份有限公司董事長兼製作人。

※以上及本書中部分作品名為暫譯。

書……………鈴木敏夫
取材・文……柳橋閑
書籍設計……片平晴奈　根岸麻子（sunui）
攝影…………可児保彦（P18, 50, 74, 114, 164）
　　　　　　疋田千里（P12-17, 202-203）
編輯…………加藤芳美
協力…………田居因　藤原綾乃（STUDIO GHIBLI）
　　　　　　平野智子　渡部恭子

笑看人生紛擾其實空—言語的魔法—

原著名＊人生は単なる空騒ぎ—言葉の魔法—

作　者＊鈴木敏夫
譯　者＊涂愫芸

2020年4月29日　初版第1刷發行

發 行 人＊岩崎剛人
總 經 理＊楊淑媄
資深總監＊許嘉鴻
總 編 輯＊呂慧君
美術設計＊李曼庭
印　　務＊李明修（主任）、張加恩（主任）、張凱棋

台灣角川

發 行 所＊台灣角川股份有限公司
地　　址＊105台北市光復北路11巷44號5樓
電　　話＊（02）2747-2433
傳　　真＊（02）2747-2558
網　　址＊http://www.kadokawa.com.tw
劃撥帳戶＊台灣角川股份有限公司
劃撥帳號＊19487412
法律顧問＊有澤法律事務所
製　　版＊尚騰印刷事業有限公司
I S B N＊978-957-743-645-0

參考文獻

寺山修司/《ポケットに名言を》（角川文庫）
寺山修司/《さかさま博物誌 青蛾館》（角川文庫）
井伏鱒二/《厄除け詩集》（講談社文芸文庫）
太宰治/《パンドラの匣》（新潮文庫）
太宰治/《太宰治全集》（筑摩書房）
堀田善衞/《天上大風 同時代評セレクション1986−1998》
（紅野謙介 編／ちくま学芸文庫）
アン・モロウ・リンドバーグ/《海からの贈物》
（吉田健一 譯／新潮文庫）